Anaïs Nin

Labyrinth des Minotaurus

Roman

Aus dem Amerikanischen
übertragen von
Manfred Ohl und Hans Sartorius

Mit einem Nachwort
von Wayne McEvilly

nymphenburger

Titel der Originalausgabe: Seduction of the Minotaur

Umschlaggestaltung: Werner Rebhuhn, Cuxhaven
Satz: Fotosatz Service Weihrauch, Würzburg
Druck: Jos. C. Huber KG, Dießen
Bindung: Thomas Buchbinderei GmbH, Augsburg
Printed in Germany
ISBN: 3-485-00501-0

Manche Reisen haben ihren Ursprung im Grundriß eines Traumes, andere in dem dringenden Wunsch, ein Traumgeschehen zu widerlegen. Lillians immer wiederkehrender Traum von einem Boot, das nicht ans Wasser kommen konnte, und das sie mit großer Anstrengung schwerfällig durch die Straßen von Städten schob, bestimmte ihren Kurs in Richtung Meer, als wolle sie diesem Boot ein für allemal zu einem richtigen Platz im Wasser verhelfen.
Sie landete in Golconda, wo die Sonne alles golden färbte – ihre Gedanken, die abgenutzten Koffer, die unscheinbaren Käfer, das Golconda des Goldenen Zeitalters, der goldenen Gans, der goldenen Hochzeit, des Goldenen Vlies' und des Goldadlers, der Goldammer, der Goldaster, des Goldfadens, des Goldfisches, des Goldhähnchens, der Goldklumpen, des Goldregens, der Goldrute und des Narrengoldes.
Mit dem ersten Atemzug sog sie eine Droge des Vergessens ein, die Abenteurern gut bekannt ist.
Das griechische *Trope* bedeutet Wendung und Veränderung. Also wendete und veränderte sie sich,

wurde vom Licht und der zärtlichen Wärme in eine Spule Seide verwandelt. Jede ihrer Bewegungen, selbst das Tragen ihres Koffers, wurde von diesem Augenblick an weich und angenehm. Ihre Nerven, deren sie sich immer deutlich bewußt gewesen war, wurden nun zu seidenen Fäden, die sich durch die Muskeln wanden.

»Wie lange beabsichtigen Sie zu bleiben?« fragte der Beamte. »Wieviel Geld haben Sie bei sich? In welcher Währung? Haben Sie ein Rückflugticket?«

Für alles, was man tat, mußte man Rechenschaft ablegen, sei es über die Ankunft oder die Abreise. Die Welt hatte sich gegen jede Improvisation verschworen. Nur im Jazz war Improvisation erlaubt.

Die feurigen Gitarren und das Singen erklagen unermüdlich. Ihre Haut öffnete sich und atmete. Vom Dschungel zur Rechten drang eine schwere Duftwolke herüber, und von links kam die feine Gischt der Wellen. Am Strand schaukelten die Einheimischen in Hängematten aus Schilf. Die zärtlichen mexikanischen Stimmen sangen Liebeslieder, die den Körper ebenso schaukelten und wiegten wie die Hängematten.

Sie kam aus einem Land, wo man nur Schmuck in satingefütterten Kästchen aufbewahrte; hier verbanden sich die Luft, die Düfte und die Musik, um Gedanken und Erinnerungen durch Sanftheit zu hypnotisieren.

Doch der Beamte am Flughafen, der die stachligen

Fragen stellte, trug kein Hemd, ebensowenig wie die Gepäckträger; und Lillian beschloß, dem glattesten Körper Höflichkeit und nur den stärksten Muskeln Achtung zu erweisen.
Das Fehlen von Uniformen gab dem Körper seine Würde und Bedeutung zurück. Mit ihren nackten Füßen wirkten die Mexikaner alle ungezähmt und frei, als hätten sie nur vorübergehend die Aufgabe übernommen, die Reisenden zu empfangen, und würden bald wieder zu ihren Hängematten, zum Schwimmen und Singen zurückkehren. Arbeit war eine der Absurditäten des Lebens. Finden Sie nicht auch, Senorita? fragten ihre lachenden Augen, während sie Lillian von Kopf bis Fuß musterten. Die Mexikaner blickten sie offen und eindringlich an, wie Kinder und Tiere es tun; sie taten es mit einem körperlichen Blick und maßen sie nur an sichtbaren Attributen, an Charme, Lebendigkeit; Titel, Besitz oder Beruf zählten nicht. Die Fremden erwiderten das offene strahlende Lächeln nicht immer; sie schlossen unwillkürlich die Augen vor dem unvermittelt warmen Lächeln wie vor der blendenden Sonne. Vor der Sonne schützten sie sich durch dunkle Brillen, aber vor diesem Lächeln und den unverhüllten, nackten Blicken konnten sie ihre Intimsphäre nur durch ein halbes Lächeln wahren. Nicht so Lillian. Ihre sehr vollen runden Lippen hatten schon immer ein solches Lächeln geschenkt. Sie konnte auf die unverhüllte Neugier, das unverhüllte Interesse,

die Annäherung reagieren. Tiere und Kinder blicken so mit voller, konzentrierter Aufmerksamkeit. Die Einheimischen hatten noch nicht die Erfindungen des weißen Mannes übernommen, mit denen er sich von der Gegenwart entfernt, die wissenschaftliche Fähigkeit, Wärme in eine chemische Substanz zu zerlegen und Menschen zu Symbolen zu abstrahieren. Der weiße Mann hatte Gläser erfunden, die Dinge ganz nahe oder ganz weit weg rückten. Kameras, Teleskope, Ferngläser, also Gegenstände, die Glas zwischen das Leben und den Blick darauf schoben. Der weiße Mann wollte das Bild besitzen, nicht den Stoff, die lebendige Wärme, menschliche Nähe. Die Einheimischen sahen nur die Gegenwart. Diese innige Verbindung von Augen und Lächeln wirkte beflügelnd. Lillian kam aus einem Land, wo die Menschen bestrebt zu sein schienen, einander nicht zu sehen. Nur Kinder betrachteten sie dort mit dieser ungenierten Neugier. Armer weißer Mann! Er wanderte und irrte verloren umher, im stolzen Besitz einer Dimension, in der Körper für das nackte Auge unsichtbar wurden, als sei es unanständig, jemanden anzusehen. Lillian fühlte sich bereits wiedergeboren, fühlte sich im Vollbesitz ihres Körpers, weil der Gepäckträger im Vollbesitz seines Körpers war, und diese Konzentration auf die Gegenwart ließ keine Unterbrechungen oder Kurzschlüsse des physischen Kontakts zu. Als sie sich vom Gepäckträger abwandte, fiel ihr Blick auf einen lächelnden

Taxifahrer, der zu sagen schien: Mir liegt nicht viel daran, irgendwohin zu fahren. Es ist hier und jetzt ebenso gut wie anderswo ...

Er kratzte sich in den dichten schwarzen Haaren; um den Hals hing seine feuchte Badehose.

Die Gitarren ließen ihre musikalischen Feuersalven nicht abreißen. Am Flughafen hockten die Bettler. Sie waren blind oder verkrüppelt, aber sie lächelten. Die festliche Natur überzog sie mit Gold und betäubte ihr Leiden.

Kleidung schien in Golconda hinderlich und überflüssig zu sein.

Golconda war Lillians Name für diese Stadt, die sie vor den Reisebüroplakaten und der Werbung retten wollte. Wir haben alle in uns eine besondere und unverwechselbare Stadt, eine einmalige Stadt, so wie wir die unterschiedlichen Aspekte eines Menschen kennen. Lillian fand es unerträglich, eine Stadt zu lieben, von der Tausende glaubten, sie sei ihnen völlig vertraut. Golconda gehörte ihr. Ja, es stimmte, anfangs war es ein Dorf von Perlenfischern gewesen. Ja, hier hatte ein japanisches Schiff Schiffbruch erlitten; Sklavenschiffe hatten Afrikaner gebracht; andere Schiffe brachten Gewürze, und mit spanischen Schiffen kam die Kunst der Filigran- und Spitzenarbeiten. Von einer gestrandeten spanischen Galeone waren Taufkleider an den Strand getrieben worden, und die Frauen im Süden Mexikos hatten sie als Kopfschmuck übernommen.

Wie man erzählte, hatten die japanischen Perlentaucher die Austernbänke vernichtet, als man sie vertrieb, und Golconda wurde zum einfachen Fischerdorf. Dann waren die Künstler auf Eseln gekommen und hatten die Schönheit des Ortes entdeckt; ihnen folgten Grundstücksmakler und Hotelbesitzer. Aber keiner von ihnen konnte Golconda zerstören. Golconda blieb eine Stadt, wo der Wind wie Samt, die Sonne aus Radium und das Meer so warm wie der Mutterleib war.
Die Gepäckträger verschwanden, noch ehe alle Gepäckstücke verstaut waren. Sie hatten genug verdient, gerade genug, um einen Tag lang zu essen, Bier zu trinken und zu schwimmen, genug, um ein Mädchen zum Tanzen auszuführen, und mehr wollten sie nicht. Kleine zehn- und zwölfjährige Jungen hatten auf diesen Moment gewartet und versuchten nun, Gepäckstücke zu schleppen, die größer waren als sie selbst.
Der Taxifahrer, der es nicht eilig hatte, mit seinem klapprigen Auto irgendwohin zu fahren, sah zu, wie der Wagen sich füllte, und beschloß, es sei Zeit, das saubere hellblaue Hemd anzuziehen.
Drei Männer teilten das Taxi mit Lillian, sie hatten bereits Platz genommen. Vielleicht lag es an ihrer städtischen Kleidung oder daran, daß sie nicht lächelten, jedenfalls schienen sie das einzige zu sein, was die Sonne nicht zum Leuchten bringen konnte. Die Aluminiumspiegel des Meeres warfen ihre

Strahlen selbst in das Innere des alten Taxis, und sie entdeckten im rissigen Leder die Füllung, die aus dem Polster hervorquoll; die Sonne verwandelte sie in Engelshaar, wie es auf Weihnachtsbäumen wächst.

Einer der Männer half Lillian beim Einsteigen und stellte sich mit kolonialspanischer Höflichkeit vor: »Dr. Hernandez.«

Er hatte das breite Gesicht, das sie von Mayaplastiken kannte, die gerundeten, hohen Backenknochen, die Adlernase, den vollen, nach unten gezogenen Mund und die schräg nach oben stehenden Augen. Seine hellolivfarbene Haut verriet die Mischung von indianischem und spanischem Blut. Er lächelte offen und rückhaltlos wie die Einheimischen, doch seltener, und das Lächeln schwand sofort wieder und hinterließ einen Schatten auf seinem Gesicht.

Lillian blickte aus dem Wagenfenster, um ihr neues Reich der Freude zu erforschen. Alles war neu! Das Grün der Blätter glich keinem anderen Grün: Es war tiefer, glänzend und feucht. Die Blätter waren schwerer, saftiger, und die Blüten waren größer. Sie schienen vor Saft beinahe zu bersten, schienen lebendiger zu sein, als müßten sie sich nie vor dem Frost oder auch nur einer kühleren Nacht schließen, ja als müßten sie niemals schlafen.

Die Hütten aus Palmblättern erinnerten sie an Afrika. Einige liefen oben spitz zu und standen auf Pfählen. Andere hatten schräge Dächer, und die Palmblätter ragten weit genug über, um rings um das Haus Schatten zu werfen.

Das Wasser der Lagune links von der Straße war eine silberne Fläche, die manchmal rötlichbraun glänzte. Sie war halb bedeckt mit schwimmenden Blüten von Lagunenpflanzen. Bäume und Büsche wirkten wie eine neue Vegetation; auch sie standen auf Pfählen und tauchten ihre verschlungenen Wurzeln in das Wasser wie das Schilfgras seine geraden und biegsamen Wurzeln. Reiher standen auf einem Bein. Leguane glitten davon, und Papageien wurden hysterisch fröhlich.

Lillian blickte wieder auf den Doktor. Er war in Gedanken versunken; deshalb betrachtete sie den Amerikaner, der sich mit »Hatcher« vorgestellt hatte. Er war vor vielen Jahren als Ingenieur nach Mexiko gekommen, um Straßen und Brücken zu bauen; er hatte sich entschlossen zu bleiben und eine Mexikanerin geheiratet. Hatcher sprach perfekt Spanisch und hatte eine ledrige Haut, die die Sonne so dunkel verbrannt hatte wie die der Einheimischen. Die Tropen hatten sein vorspringendes Kinn und die kantigen Schultern nicht lockern können. Er wirkte starr, hager und hart. Seine nackten Füße steckten in mexikanischen Sandalen mit Sohlen aus alten Autoreifen. Er trug ein Hemd mit offenem Kragen. Aber bei ihm wirkte die lässige Aufmachung eher wie eine Uniform, um die Tropen zu erobern, und nicht, um sich ihnen zu überlassen.

»Golconda erscheint Ihnen vielleicht schön, aber es ist vom Tourismus verdorben. Etwas weiter weg habe ich einen schöneren Platz gefunden. Den Weg dorthin mußte ich mir freihacken. Ich habe einen Strand mit so weißem Sand, daß er in den Augen schmerzt wie ein Schneefeld. Ich baue dort ein Haus und komme nur einmal in der Woche zum Einkaufen nach Golconda. Ich habe einen Jeep. Wenn Sie wollen, können Sie einmal mit mir hinausfahren. Es sei denn, Sie sind – wie die meisten Amerikaner – nur hierhergekommen, um zu trinken und zu tanzen.«

»Ich habe keine Zeit zu trinken und zu tanzen. Ich muß jeden Abend mit einer Jazzband spielen.«

»Dann sind Sie Lillian Beye«, sagte der dritte Fahrgast, der bis jetzt geschwiegen hatte – ein großer blonder Österreicher, dessen Spanisch hart klang, jedoch Autorität verriet. »Ich bin der Besitzer der *Black Pearl.* Ich habe Sie engagiert.«

»Mr. Hansen?«

Er gab ihr die Hand, ohne zu lächeln. Er hatte eine helle Haut. Es war den Tropen nicht gelungen, ihn zu erwärmen, oder seine eisblauen Augen zu schmelzen.

Lillian hatte das Gefühl, daß diese drei Männer sich irgendwie störend in ihre Gefühle für Golconda einmischten. Sie schienen es darauf anzulegen, ihr ein Bild von Golconda zu vermitteln, das ihr nicht paßte. Der Doktor wollte ihr nur zeigen, daß die Kinder vernachlässigt waren; der Amerikaner wollte, daß sie den Tourismus als abstoßend empfinden sollte, und der Besitzer der *Black Pearl* versuchte, den Ort als einen einzigen Nachtklub darzustellen.

Das Taxi hielt zum Tanken. Ein unwahrscheinlich dicker Amerikaner, der sich seit vielen Tagen nicht rasiert hatte, erhob sich aus einer Hängematte, um sie zu bedienen.

»Hallo, Sam«, sagte Doktor Hernandez. »Wie geht es Maria? Du bist mit ihr nicht für die Injektion gekommen.«

Sam rief nach einer Frau, die undeutlich in einer Palmblätterhütte zu sehen war. Sie kam zum Eingang. Die Frau trug ein langes schwarzes Schultertuch, in dessen Falten sie ihr Baby wie in einer Hängematte wiegte.

Sam wiederholte die Frage des Arztes. Sie zuckte mit den Schultern. »Keine Zeit«, sagte sie und rief: »Maria!«

Maria löste sich aus einer Gruppe von Kindern. Sie hielt ein Boot aus einer Kokosnußschale in der Hand. Für ihr Alter war sie klein und so zart geformt wie die Miniatur eines Kindes – mexikanische Kinder sind das oft. In den Augen mexikanischer Maler werden diese feingeformten Wesen mit winzigen Händen und Füßen, schlanken Hälsen und Taillen oft überlebensgroß, mit Sehnen und Muskeln von Riesen. Für Lillian waren die Kinder zart, zerbrechlich und hübsch. Für den Doktor waren sie krank.

Der Ingenieur sagte zu Lillian: »Man hat Sam vor zwanzig Jahren hierher geschickt, um Brücken und Straßen zu bauen. Er heiratete eine Einheimische. Jetzt schläft er nur noch und trinkt.«
»Das sind die Tropen«, sagte Hansen.
»Sie waren nie in der Bowery«, sagte Lillian.
»Aber an den Tropen zerbrechen alle Weißen.«
»Das habe ich gehört, jedoch nie geglaubt. Ebensowenig wie ich glaube, daß alle Abenteurer dem Untergang geweiht sind. Ich finde, solche Ansichten sind lediglich ein Ausdruck von Angst; Angst vor dem Exil, Angst vor dem Abenteuer.«
»Da gebe ich Ihnen recht«, sagte der Doktor, »der Weiße, der an den Tropen zerbricht, wäre auch überall sonst zerbrochen. Aber in einem fremden Land fallen solche Menschen mehr auf, denn es sind nur wenige, und wir nehmen sie mehr wahr.«
»Und wenn man zu Hause zerbrechen will, sind viele Leute zur Stelle, die einen daran hindern – Verwandte und Freunde zum Beispiel. Man wird ermahnt, beschworen, bedroht und sogar gerettet.«
Der Österreicher lachte: »Ich muß daran denken, wie sehr man hier dazu ermutigt würde.«
»Mr. Hatcher, Sie sind an den Tropen nicht zerbrochen!«
Hatcher erwiderte ernst: »Ich bin ein glücklicher Mann. Es ist mir gelungen, wie ein Einheimischer zu leben und zu empfinden.«
»Liegt also darin das Geheimnis? Werden jene, de-

nen es nicht gelingt, heimisch zu werden und sich einzugliedern, verzweifelt, einsam und selbstzerstörerisch?«

»Vielleicht«, erwiderte der Doktor nachdenklich. »Es kann aber auch daran liegen, daß ihr Amerikaner einen Arbeitskult betreibt. Die Arbeit hält euch aufrecht, nicht die Freude am Leben.«

Die Klänge einer Gitarre begleiteten seine Worte. Sobald eine Gitarre verklang, trat eine andere an ihre Stelle und wob das Netz der Musik weiter, das einen in der Flucht vor der Traurigkeit einfing, festhielt und in einem Reich der Feste schweben ließ.

So wie jeder Baum riesige leuchtende Blüten trug, die chromatische Tonleitern, Läufe und Triller von Rot und Blau spielten, so wetteiferten die Menschen mit ihnen, indem sie noch leuchtendere Indigo-, noch flammendere Orange- und noch strahlendere Weißtöne trugen oder Farben, die an das Purpur im Innern von Mangos und an die Fleischtöne der Granatäpfel erinnerten.

Die Häuser waren von Rankenpflanzen mit glokkenförmigen Blüten überzogen, die Koloraturen sangen. Die Gitarren in den Häusern oder auf den Türschwellen griffen die Farbskalen auf und verströmten Töne, die den Geschmack von Guayavas, Papayas, Kaktusfeigen, Anis, Safran und Chili heraufbeschworen.

Riesige Tonkrüge, schwerbeladene Esel, magere, hungrige Hunde, alles erinnerte an Bilder aus der Bibel. Die Häuser standen offen; Lillian sah schlafende Säuglinge in Hängematten, Heiligenbilder an weißverputzten Wänden, alte Leute in Schaukelstühlen und Fotografien von Familienangehörigen, die zusammen mit Palmwedeln vom Palmsonntag an die Wand geheftet waren.

Die Sonne ging prunkvoll unter mit dem ganzen Pomp bestickter Seiden und orangefarbener Tapisserien eines orientalischen Schauspiels. Die Palmen waren von nackter Eleganz und trugen ihre riesigen Federbüsche wie Staubwedel, die nachlässig alle Wolken vom tropischen Himmel fegten, der sich transparent wie eine Muschelschale über ihnen wölbte.

Restaurants servierten das Abendessen im Freien. Auf einem langen Gemeinschaftstisch standen eine Schüssel mit Fischsuppe und eine andere mit gebakkenem Fisch. In den Häusern zündeten immer mehr Leute die Petroleumlampen an, die lebhafter flakkerten als Kerzen.

Der Arzt hatte über Krankheiten gesprochen. »Vor fünfzehn Jahren war es wirklich gefährlich, hier zu leben. Es gab Malaria, Ruhr, Elefantiasis und andere Krankheiten, von denen Sie nicht einmal gehört haben. Ehe ich hierherkam, gab es nicht einmal ein Krankenhaus und auch keinen Arzt. Ich mußte allein die Ruhr bekämpfen und den Leuten beibringen, nicht mit ihren Haustieren zusammen zu schlafen.«

»Wie sind Sie hierhergekommen?«

»Wir haben hier in Mexiko ein bestimmtes Bildungssystem: Ehe die Medizinstudenten promovieren, müssen sie ein Jahr lang irgendwo praktizieren, wo ärztliche Versorgung nötig ist. Ich kam mit achtzehn hierher. Ich war nicht sehr verantwortungsbewußt, und ein wenig unzufrieden, weil ich mich um Fischer kümmern mußte, die weder Lesen noch Schreiben, noch irgendeine Anweisung befolgen konnten. Wenn man mich nicht brauchte, las ich französische Romane und träumte vom Leben in den großen Städten, die ich sehr vermißte. Doch allmählich wuchsen mir meine Fischer ans Herz, und als das Jahr herum war, beschloß ich zu bleiben.«

Die Augen der Einheimischen glühten voll Leben. Wie Orientalen hockten sie neben ihren breiten, flachen Körben mit Früchten und Gemüsen. Das Obst lag darin nicht nachlässig aufgehäuft, sondern war sorgsam in einem persischen Muster von dekorativer Harmonie arrangiert. Stränge von Chilischoten hingen von den Decken – Chili, um sie aus ihren Träumen zu wecken, Träume, geboren aus Düften und Rhythmen und der Wärme, die sich wie eine flauschige Decke vom Himmel senkte. Selbst die einbrechende Dämmerung brachte keinen Temperaturwechsel oder eine Veränderung der weichen Luft mit sich.

Lillian hörte nicht nur die Musik der Gitarren, sondern auch die Musik der Körper – ein ununterbrochener Rhythmus von Leben. Es lag ein Rhythmus darin, wie die Frauen Wasserkrüge auf ihre Köpfe hoben und sie beim Gehen balancierten. Es lag ein Rhythmus darin, wie die Hirten ihren Schafen und Kühen folgten. Nicht nur das Klima, sondern die Menschen selbst verströmten ein pulsierenderes Leben.

Hansen blickte ungerührt und gelangweilt aus dem Wagenfenster. Er sah die Menschen nicht, er nahm die Kinder nicht wahr, die mit ihren schwarzen Haaren, den Ponyfrisuren und den schrägstehenden Augen manchmal japanisch aussahen. Er erkundigte sich bei Lillian nach Showstars. Welche Musiker aus New York, Paris oder London sollte er für die *Black Pearl* engagieren?

Das Hotel lag oben auf dem Hügel. Es bestand aus einem Hauptgebäude und einer Gruppe kleiner Bungalows, die hinter Olivenbäumen und Kakteen verschwanden. Tief unten fingen sich hohe, schäumende Wellen in den zerklüfteten Klippen und schlugen mit Kanonengedonner gegen ihre Kerkerwände. Von dem Anprall wurden jedesmal zwei enge Einbuchtungen getroffen; die Gischt zischte und spritzte in die Luft, und das Wasser sprang hoch auf wie im Zorn darüber, gefangen zu sein.

Die Empfangsdame trug rosa Seide, als sei das Eintragen der Gäste und das Aushändigen der Schlüssel Teil der Festlichkeiten. Der Geschäftsführer kam herbei, streckte Lillian väterlich die Hand entgegen, als verleihe ihm sein enormer Umfang eine Art Patriarchat, und sagte: »Heute abend können Sie sich amüsieren. Sie müssen erst morgen abend anfangen zu spielen. Haben Sie die Plakate gesehen?«

Er führte sie zum Eingang, wo Lillian ihr vergrößertes Foto wie das Bild einer völlig Fremden entgegenblickte. Auf Plakaten erkannte sie sich nie. Ich wirke betrunken, dachte sie.

Auf dem Felsplateau neben dem Hotel wurde getanzt. Die Musik drang nur bruchstückhaft herüber, denn der Wind trug Töne davon, und das Rauschen des Meeres verschluckte andere, so daß die bruchstückhaften Mamboklänge eine abstrakte Klarheit besaßen wie die Musik von Erik Satie. Außerdem schienen die Paare dadurch manchmal den Tönen zu gehorchen und dann wieder dem Sog ihrer geheimen Anziehungskraft.

Ein barfüßiger Junge trug Lillians Gepäck über gewundene Pfade. Blüten streiften im Vorübergehen ihr Gesicht. Die Musik und das Meer wurden leiser, während sie weiter nach oben stiegen. Die Bungalows saßen kapriziös auf Felsvorsprüngen. Sie versteckten sich hinter Schilfgras oder tarnten sich mit Bougainvilleas. Vor einem mit Palmblättern gedeckten Bungalow blieb der Junge stehen.

An der Vorderseite gab es eine lange gekachelte Terrasse; quer darüber war eine Hängematte aus Hanf gespannt. Das Zimmer hatte weiß getünchte Wände; es standen dort nur ein Bett, ein Tisch und ein Stuhl. Ein riesiger Baum mit fächerförmigen Blät-

tern wölbte sich über dem Bungalow wie ein Sonnenschirm. Die Begegnung der untergehenden Sonne mit dem aufgehenden Mond tauchte alles in die unsteten Farben von Quecksilber.
Als Lillian eine Schublade öffnete, floh eine Maus, die sich dort ein Nest aus Magnolienblüten gebaut hatte.
Lillian duschte eilig und zog sich schnell um, denn es schien ihr, als ob die Schönheit und samtene Weichheit der Nacht vielleicht nicht von Dauer wären und sich in Kälte und Härte verwandeln würden, wenn sie sich nicht beeilte. Sie zog das einzige Kleid an, das zu den leuchtenden Blüten dieser Umgebung paßte: ein orangefarbenes aus Baumwolle. Dann öffnete sie die Fliegentür. Die Nacht erwartete sie unverändert heiter und ruhig, erfüllt von tropischem Geflüster, als besäßen Blätter, Vögel und die Meeresbrise eine in nördlichen Ländern unbekannte Musikalität, als hielten die schweren Düfte sie alle absichtlich wach.
Die Tonkacheln unter ihren nackten Füßen waren warm. Das Parfum, das sie angelegt hatte, verflüchtigte sich angesichts der stärkeren Parfums von Nelken und Geißblatt.
Lillian ging zu der großen Terrasse zurück, wo die Leute in Liegestühlen aufeinander und auf das Abendessen warteten.
Der Himmel wölbte sich wie eine unermeßlich große Leinwand über den Menschen, auf die sie kei-

ne Bilder ihres menschlichen Lebens projizieren konnten, weil Menschen dort unproportioniert und absurd wirken würden.
Lillian empfand die Natur als so machtvoll, daß sie in ihr aufgesogen wurde. Die Natur war eine Droge des Vergessens. Die Menschen schienen wärmer und näher zu sein, so wie die Sterne näher und der Mond wärmer zu sein schienen.
Im Meeresorchester ging die Hälfte der gesprochenen Worte unter, und deshalb schienen Reden und Lachen lediglich wie eine zufällige Untermalung zu sein, wie die Stimmen der Vögel. Die Worte besaßen kein Gewicht. Die Intensität der Farben ließ sie wie Luftballons im Raum schweben, und die samtene Weichheit des Klimas gab ihnen etwas rein Dekoratives, als seien auch sie nur Blumen. Sie besaßen keine abstrakte Bedeutung, da sie von Sinnen aufgenommen wurden, die nur Berührungen, Gerüche und optische Eindrücke erkannten, so daß diese Menschen in ihren Stühlen Teil eines bunten, lebendigen Wandgemäldes waren. Eine braune Schulter, die aus einem weißen Kleid auftauchte, das klare Lächeln in einem gebräunten Gesicht, der angespannte Muskel in einem braunen Bein schienen beredter zu sein als die Stimmen.
Dies ist ein übersteigertes Schauspiel, dachte Lillian, und deshalb fühle ich mich wohl. Ich war immer ein übersteigertes Wesen, denn ich versuchte ganz allein, ein Klima zu schaffen, das zu mir paßte –

größere Blumen, wärmere Worte, leidenschaftlichere Beziehungen ... aber hier nimmt mir das die Natur ab. Sie schafft das Klima, das ich in meinem Innern brauche. So kann ich träge sein und mich ausruhen. Sie ist eine Droge ... eine Droge ...
Weshalb fürchteten sich so viele Menschen vor den Tropen? »Alle Abenteurer nehmen ein schlimmes Ende.« Vielleicht waren sie nicht in der Lage gewesen, den Übergang zu vollziehen, das Leben des Geistes alchemistisch in das Leben der Sinne zu verwandeln. Sie starben, wenn ihr Geist von der Natur überwältigt wurde, und doch zögerten sie nicht, ihn durch Alkohol zu schwächen.
Golconda besänftigte sie und schläferte sie ein, doch trotzdem entging ihr nicht, daß mehrere Geheimnisse in ihren Tagtraum eindrangen. Das eine nannte sie: die Sorgen des Doktor Hernandez. Das andere war die Frage, weshalb Leute im Exil ein schlimmes Ende nahmen (wenn das stimmte – sie war sich dessen nicht sicher). Von ihrem Platz aus sah sie den Arzt mit seinem Arztköfferchen ankommen. Aber er ließ diese Last an der Rezeption zurück und kam dann auf Lillian zu, als habe er sie gesucht.
»Sie haben noch nicht zu Abend gegessen? Kommen Sie, essen wir zusammen. Wir wollen in die *Black Pearl* gehen, damit Ihnen der Platz vertraut wird, an dem Sie nun jeden Abend spielen werden.«
Die *Black Pearl* war aus Treibholz gebaut. Sie bestand aus einer Reihe von Terrassen über dem Meer. Rote

Schiffslaternen beleuchteten eine Jazzband, die für einige tanzende Paare spielte.
Das Rauschen des Meeres trug manche der Obertöne davon, und deshalb klang die Trommel so eindringlich wie ein riesiges klopfendes Herz. Die lebhafteren Kadenzen, die ironischen Noten, die lyrischen Beinah-Seufzer der Posaune erhoben sich wie Gischt und verloren sich in der Nacht. Als sei das den Musikern bewußt, wiederholten sie ihre Klettereien an unsichtbaren Antennen hinauf in unendliche Räume flüchtiger Freuden und verminderten die Sorgen durch die Schnelligkeit und den Höhenflug. Sie filterten alle Essenzen heraus, und am Grund blieb stets nur der Pulsschlag der Trommeln zurück.
Der Arzt beobachtete aufmerksam Lillians Gesicht.
»Habe ich Sie mit meinem Gerede über Krankheiten erschreckt?«
»Nein, Doktor Hernandez, Krankheiten erschrekken mich nicht – physische Krankheiten. Die eine Krankheit, die mich erschreckt, ist in Golconda unbekannt. Davon erhole ich mich gerade. Wie auch immer, es ist eine Krankheit, die keine Sympathien weckt.«
Sie sprach unbeschwert, doch ihre Worte brachten sorgenvolle Falten in das glatte Gesicht des Arztes. Angst? Furcht? In seinem Gesicht konnte sie nichts lesen. Es besaß die gemeißelte Unbeweglichkeit indianischer Skulpturen. Selbst wenn die Haut sich unter einem aufzuckenden Schmerz verzog, ver-

rieten die Augen nichts und der Mund blieb unverändert.
Lillian fühlte sich zu der Frage gedrängt: »Sind Sie unglücklich? Haben Sie Schwierigkeiten?«
Sie wußte, es war gefährlich, jemanden zu fragen, der gewohnt ist, die Fragen zu stellen, und daß man sich ihm anvertraut (und Lillian wußte sehr gut, daß alle, die normalerweise die Rolle eines Trösters, Führers oder Heilers spielen, sich bei einem Rollentausch unwohl fühlen), aber sie nahm das Risiko auf sich.
Er antwortete lachend: »Nein, das bin ich nicht. Aber ich bin bereit, unglücklich zu sein, wenn es Ihr Interesse weckt. Es war taktlos von mir, an diesem Ort, der für das Vergnügen geschaffen wurde, von Krankheiten zu sprechen. Ich hätte beinahe *Ihnen* das Vergnügen verdorben. Und wie ich sehe, gehören Sie zu denen, die noch nicht übermäßig viel davon gehabt haben, zu den, was das Vergnügen angeht, Unterprivilegierten! Leute, die zuviel davon haben, widern mich an. Ich weiß nicht warum, aber ich bin froh, wenn sie die Ruhr bekommen oder einen schweren Sonnenbrand. Es ist, als glaube ich an die gerechte Verteilung von Vergnügen. Sie zum Beispiel haben ein Recht darauf ... da Sie bislang noch nicht viel hatten.«
»Ich wußte nicht, daß man das so deutlich sieht.«
»Man sieht es nicht. Ich darf behaupten, ich bin ungewöhnlich scharfsinnig. Es ist meine Ange-

wohnheit zu diagnostizieren. Sie *wirken* frei und ohne Schäden, vital und ohne Wunden.«
»Also diagnostische Hellseherei?«
»Ja, aber hier kommt unser professioneller Lieferant von Vergnügungen. Er ist für Sie vielleicht nützlicher.«
Hansen setzte sich zu ihnen und begann, auf der Tischdecke zu zeichnen. »Ich werde noch eine Terrasse bauen und dann die Bäume und die Taucher anstrahlen. Auch auf die Statue der Jungfrau Maria werde ich einen Scheinwerfer richten, damit jeder sieht, wie die Jungen beten, ehe sie springen.«
Sein Blick war kalt und geschäftstüchtig. Das Meer, die Nacht und die Taucher – in seinen Augen waren sie alle Eigentum des Nachtklubs. Der uralte Brauch, vor dem Sprung in eine dreißig Meter tiefe, schmale Felsspalte zu beten, sollte Teil der Unterhaltung der Gäste werden.
Lillian wendete das Gesicht ab und hörte dem Jazz zu. Jazz war die Musik des Körpers. Der Atem drang durch Aluminium und Kupferröhren. Es war der Atem des Körpers, und das Klagen und Stöhnen der Saiteninstrumente war ein Echo der Musik des Körpers. Die Körperschwingungen lösten sich von den Fingern. Das Geheimnis des zurückgehaltenen Themas, das nur die Musiker kannten, war wie das Geheimnis unseres verborgenen Lebens. Anderen geben wir nur periphere Improvisationen. Die Inhalte und Themen der Musik wie die Inhalte und The-

men unseres Lebens werden nie in Worte verwandelt. Sie existieren nur als Musik – erregend oder betäubend, belebend oder deprimierend aber nie benannt.

Als Lillian sich widerstrebend wieder Hansen zuwenden wollte, war er gegangen. Sie sah den Arzt an und sagte: »Dieser Ort ist wie eine Droge ...«

»Es gibt so viele Arten von Drogen. Eine, um sich zu erinnern, und eine, um zu vergessen. Golconda ist eine des Vergessens. Aber es ist kein dauerhaftes Vergessen. Es scheint vielleicht so, als ob wir einen Menschen, einen Ort, einen Zustand, ein vergangenes Leben vergessen, aber im Grunde suchen wir nur eine neue Besetzung für die Wiederholung desselben Dramas. Wir suchen die bestmögliche Reproduktion des Freundes, des Liebhabers oder Ehemanns, den zu vergessen wir uns alle Mühe geben. Eines Tages öffnen wir die Augen und sind wieder im selben Muster gefangen und wiederholen die gleiche Geschichte. Wie könnte es anders sein? Den Entwurf liefern wir. Er liegt in uns.«

In Lillians Augen standen Tränen, nicht, weil sie sich sofort mit einem neuen, schönen, betäubenden Ort angefreundet hatte, sondern mit einem Mann, der entschlossen war, zu den Geheimnissen des menschlichen Labyrinths vorzudringen, vor dem sie gerade floh. Seine Hartnäckigkeit ärgerte sie beinahe. Ein Mann sollte den Wunsch einer Frau achten, keine Vergangenheit zu haben. Aber noch erschütternder war seine Überzeugung, daß unser Leben so lange aus einer Reihe von Wiederholungen besteht, bis die Erfahrung verstanden, aufgelöst, getilgt ist...

»Sie werden keine Ruhe finden, bis Sie das Vertraute im Unvertrauten entdeckt haben. Sie gehen herum, wie diese Touristen es tun, und suchen einen Geschmack, der Sie an zu Hause erinnert. Sie bestellen Coca Cola anstelle von Tequila, Cornflakes anstelle von Papayas. Dann läßt die Wirkung der Droge nach. Sie werden feststellen, daß von ein paar Nuancen in der Hautfarbe, den Sitten oder der Sprache abgesehen, Sie immer noch mit der gleichen Art Menschen in Beziehung stehen, denn alles liegt in Ihnen. Sie weben das Netz.«

Um sie herum tanzten andere Leute und folgten so gehorsam den Rhythmen, daß sie aussahen wie Algen, die unlösbar miteinander verschlungen im Wasser wogen. Die bunten Röcke bauschten sich; die weißen Anzüge waren der Rahmen für das Blumenarrangement aus den Kleidern der Frauen, ihren Haaren, ihrem Schmuck und ihren lackierten Nägeln. Der Wind versuchte, sie vom Orchester wegzutragen; doch sie blieben wie japanische Drachen, die von den Saiten der Instrumente gelenkt wurden, im Bannkreis der Töne.

Lillian bestellte noch einen Drink. Aber als sie aus dem Glas trank, wußte sie, daß ein Tropfen von der Hellsichtigkeit des Arztes hineingefallen war, daß ein Teil dessen, was er gesagt hatte, sich bereits als wahr erwies. Der erste Freund, den sie in Golconda gefunden hatte und den sie dem Ingenieur und dem Geschäftsführer des Nachtklubs vorzog, ähnelte – zumindest was seine Rolle betraf – einer Person mit dem Spitznamen »der Lügendetektor«, die sie gekannt hatte. Dieser Mann hatte viele Monate lang in einer Gruppe von Künstlern gelebt, ihnen mühelos umfassende Geständnisse entlockt und beinahe unmerklich die Richtung ihres Lebens geändert.

Sie wollte auf die Herausforderung des Arztes nicht eingehen. Deshalb richtete sie abrupt den Scheinwerfer auf ihn. »Erleben Sie jetzt mit mir eine solche Wiederholung? Haben Sie jemanden zurückgelassen?«

»Meine Frau haßt diesen Ort«, erwiderte der Arzt ganz einfach, »sie kommt nur sehr selten hierher. Die meiste Zeit verbringt sie in Mexico City unter dem Vorwand, daß die Kinder gute Schulen besuchen müssen. Sie ist auf meine Patienten eifersüchtig und behauptet, sie seien nicht wirklich krank, sondern spielten mir etwas vor. Und damit hat sie recht. Touristen ängstigen sich leicht in fremden Ländern. Die Fremdheit macht ihnen am meisten Angst. Sie lassen mich rufen, um sich zu versichern, daß sie nicht dem Gift der Fremdheit, dem ungewohnten Essen, dem Geschmack des Exotischen oder dem Stich eines unbekannten Insekts erliegen. Sie lassen mich wegen trivialer Dinge rufen und oft nur aus Angst. Aber ist Angst trivial? Meine

mexikanischen Patienten brauchen mich mehr als dringend ... Ich habe für meine Frau ein schönes Haus gebaut. Aber es gelingt mir nicht, sie zum Hierbleiben zu bewegen. Ich liebe diesen Ort und die Menschen. Alles, was ich geschaffen habe, befindet sich hier. Das Krankenhaus ist mein Werk. Wenn ich gehe, wird das Geschäft mit den Drogen ausufern. Bisher ist es mir gelungen, es unter Kontrolle zu halten.«
Lillian verübelte dem Arzt seinen Röntgenblick nicht länger. Er litt, und das machte ihm die Schwierigkeiten anderer so deutlich bewußt.
»Das ist ein sehr schmerzlicher Konflikt, der sich nicht so leicht lösen läßt«, sagte Lillian. Sie wollte noch mehr sagen, kam aber nicht dazu, weil ein barfüßiger Junge den Arzt zu einem Notfall holte.

Lillian und der Arzt saßen in einem handgeschnitzten Kanu. Der Druck der Hand auf das Messer hatte unregelmäßige Einkerbungen im Baumstamm hinterlassen, in denen sich das Licht wie in einer Muschelschale fing. Durch die Sonne auf den erhöhten Rändern und die Schatten in den Mulden schienen die Oberflächen des Kanus wie ein impressionistisches Gemälde aus lauter Punkten zu bestehen; eine Ansammlung von Punkten, die auf gekräuselten Wellen veränderlicher Farben und Texturen durch das Wasser glitt.

Der Fischer paddelte ruhig durch die vielen Farben des Lagunenwassers – Farben, die vom dunklen Sepia der roten Erde auf dem Grund bis zum Silbergrau reichten, wenn die Farbe des Buschwerks über die Erde triumphierte, bis zu Gold, wenn die Sonne sie beide besiegte, und hin zum Violett in den Schatten.
Der Mann paddelte mit einem Arm. Der andere war ihm als Siebzehnjähriger abgerissen worden, als er lernte, mit Dynamit zu fischen.
Das Kanu war einmal hellblau bemalt gewesen. Dieses Blau war inzwischen verblaßt und zum rauchigen Blau alter Maya-Wandbilder geworden, ein Blau, das nicht der Mensch, sondern nur die Zeit hervorbringen kann.
Die Lagunenbäume zeigten ihre nackten Wurzeln, als stünden sie auf Stelzen, ein labyrinthisches Gewirr silberner Wurzeln, die unter Wasser ebenso ineinanderflossen, wie sie über dem Wasser ineinander verschlungen waren. Die Äste neigten sich über das Wasser und warfen so dichte Schatten, daß Lillian kaum glauben konnte, sie würden sich öffnen und teilen, um sie durchzulassen.
Aus zahllosen Wespennestern ragten die smaragdgrünen Wedel und Ästchen von herabhängenden Ranken und Lianen. Über Lillians Kopf bildeten die Zweige metallisch grüne Wölbungen und glänzende Banner, während das Kanu und ihr Körper das magische Kunststück vollbrachten, sanft zwischen Wurzeln und dichtem Gewirr hindurchzugleiten.

Das Boot versetzte die Wasserpflanzen und Gräser mit den langen fedrigen Büscheln in schaukelnde Bewegung und glitt durch die Spiegelungen der Wolken. Das Fehlen sichtbarer Erde gab Lillian das Gefühl, der Wald schwimme und sei ein Archipel grüner Dämpfe.
Die schneeweißen Reiher und die muschelrosa Flamingos meditierten auf einem Bein wie Yogis der Tierwelt.
Hin und wieder sah sie am Ufer ein einzelnes Haus, eine zerbrechliche Hütte aus Palmblättern auf dünnen Stelzen und daneben an einem winzigen Anlegesteg ein Kanu. Bei jeder Hütte beobachtete eine lächelnde Frau inmitten von nackten Kindern, wie Lillian und der Doktor vorüberglitten. Sie standen vor einer Kulisse aus undurchdringlichem Blattwerk, als erlaube ihnen der Dschungel nur, zusammen mit Schmetterlingen, Libellen, Gottesanbeterinnen, Käfern und Papageien seinen Rand zu bevölkern. Die Kinder in den riesigen Wurzeln der Bäume schienen zwischen den Zehen von Gullivers Füßen zu stehen.
Einmal wurde am rechten Ufer die Erde sichtbar, und Lillian entdeckte die Spuren eines Krokodils, das dort in den Fluß geglitten war. Die schuppige Haut der Leguane war ebenso aschgrau wie die Wurzeln und Baumstämme, so daß man sie erst entdeckte, wenn sie sich bewegten. Solange sie reglos lagen, wirkten sie wie Felsen in der Sonne, wie versteinert.

Das Kanu schob gemächlich Muschelpflanzen, Wasserorchideen, Magnolien und riesigen Wasserklee beiseite.
Diese fließenden Reise stand im Gegensatz zu dem hartnäckigen Traum, von dem Lillian sich zu befreien suchte. Es war der Traum von einem manchmal großen, manchmal kleinen Boot, das immer auf dem Trockenen gestrandet war: in einer Straße, im Dschungel, in der Wüste. Wenn es ein großes Boot war, lag es in den Straßen einer Stadt, und das Deck reichte bis an die oberen Fensterreihen der Häuser. Lillian befand sich auf dem Boot und wußte, es würde sich nicht bewegen, wenn sie es nicht schob; also ging sie hinunter auf die Straße und versuchte, das Boot zu schieben, damit es sich in Bewegung setzen und schließlich vielleicht das Wasser erreichen würde. Es bedeutete eine riesengroße Anstrengung, das Schiff durch die Straßen zu schieben, und es gelang ihr nie, das Ziel zu erreichen. Gleichgültig, ob sie das Boot über Pflaster oder Asphalt schob, es bewegte sich kaum; gleichgültig, wie sehr sie sich auch bemühte, Lillian wußte immer, sie würde das Meer nie erreichen. Handelte es sich um ein kleines Boot, war das Schieben weniger anstrengend; trotzdem erreichte Lillian nie den See, den Fluß oder das Meer, auf dem es hätte schwimmen können. Einmal blieb das Boot zwischen den Felsen stecken, ein anderes Mal im Schlamm.
Heute spürte Lillian deutlich, daß der Traum vom

Boot, das sie durch wasserlose Straßen schob, zu Ende war. In Golconda hatte sie ein fließendes Leben, eine fließende Reise gefunden. Es lag nicht nur am Wasser, sondern auch am fließenden Rhythmus der Mexikaner: Sie verfingen sich nie in der Vergangenheit oder stagnierten, während sie auf die Zukunft warteten. Sie lebten wie Kinder voll und ganz in der Gegenwart.
Lillian hatte gelesen, daß gewisse ägyptische Herrscher geglaubt hatten, sie würden nach dem Tod zu einer himmlischen Karawane stoßen, die sich auf einer ewigen Reise zur Sonne befand. Archäologen hatten in einer unterirdischen Steinkammer zwei Sonnenbarken entdeckt, die sie mit Hilfe alter Texte und Grabgemälde identifizierten. Die Kammer aus Kalkstein war so gut versiegelt, daß keine Luft eingedrungen war und sich weder Staub noch Spinnweben darin fanden. Es gab immer zwei dieser Barken – eine für die nächtliche Reise zum Mond, die andere für die Tagreise zur Sonne.
In Träumen wurden diese Reisen in Sonnenbarken verewigt. Und auch in den Träumen gab es immer zwei: eine im Stein begraben, unfähig, auf den wasserlosen Wegen der Angst zu schwimmen; die andere glitt ständig im Fluß des Lebens dahin. Die unbewegliche Barke befand sich auf der Reise der Erinnerung, die schwimmende auf der Fahrt zu immer neuen Entdeckungen.
Dieses Kanu, dachte Lillian, während sie die Hand in

das Wasser der Lagune tauchte, sollte ihre Sonnenbarke sein, die, magnetisiert von Sonne und Wasser, ohne Anstrengung oder Mühen dahinglitt.
Auch die Gedanken des Arztes waren abgeschweift. Nach Mexico City, wo seine Frau lebte? Zu seinen drei kleinen Kindern? In seine Vergangenheit? Nach Paris oder New York, wo er studiert hatte? Zu seinem ersten Gedichtband, den er mit zwanzig Jahren veröffentlicht hatte?
Lillian lächelte ihn an, wie um zu sagen: Auch Sie haben sich auf eine geheime Reise in die Vergangenheit gemacht.
Sie kehrten beide gleichzeitig in die Gegenwart zurück.
Lillian sagte: »Dieser Ort hat etwas, das nicht nur auf seiner Schönheit beruht. Was ist es? Ist es die Weichheit, die alle Gedanken auslöscht und den Körper in Wohlbehagen einlullt? Ist es die ununterbrochene Musik, die die Gedanken daran hindert, den Fluß des Lebens anzuhalten? Ich habe andere Bäume, andere Flüsse gesehen. Sie besaßen nicht die Macht, die Sinne zu berauschen. Empfinden Sie das auch? Empfindet das jeder? Hat das die Südseereisenden daran gehindert, jemals nach Hause zurückzukehren?«
»Es wirkt nicht bei jedem auf diese Weise«, sagte der Arzt. In seiner Stimme lag Bitterkeit, und Lillian begriff, daß er an seine Frau dachte.
War dies das Geheimnis im Leben von Doktor Her-

nandez? Eine Frau, die er nicht für die Stadt gewinnen konnte, die er mochte, und für das Leben, das er liebte?

Sie wartete darauf, daß er weitersprechen würde. Aber er schwieg, und sein Gesicht wirkte wieder gelassen.

Lillians Hand hing immer noch im Wasser, sie wollte das Gleiten spüren, die ununterbrochene Sanftheit des Fließens, sich der Einheit mit einem lebenden Strom versichern; aber nun hatte sie das Gefühl, sie herausziehen zu müssen, um dem Arzt zu beweisen, daß sie seine Sorgen teile, und daß seine Traurigkeit ihr naheging. Sie mußte auf den Genuß verzichten, den Fluß des Wassers zu spüren, den sie wie den Fluß des Lebens in sich empfand – aus Mitgefühl für seine Bitterkeit.

Sie hob die Hand und wartete, bis die letzten Tropfen heruntergefallen waren. Plötzlich hörte man einen Schuß, und das Wasser spritzte an ihnen hoch. Alle drei saßen wie gelähmt.

»Jäger?« fragte Lillian. Sie wollte aufstehen, rufen und winken, damit die Jäger auf sie aufmerksam wurden.

Der Arzt erwiderte ruhig: »Das waren keine Jäger. Es war kein Versehen. Sie wollten mich erschießen, haben aber nicht getroffen.«

»Aber warum? Warum? Sie sind der Mann, der hier am meisten gebraucht und am meisten geliebt wird!«

»Ich weigere mich, ihnen Drogen zu geben. Verstehen Sie, als Arzt habe ich Zugang zu Drogen. Sie wollen mich zwingen, ihnen Drogen zu geben. Drogen, damit sie vergessen. Ich habe nicht das Recht dazu, außer in Fällen großer physischer Schmerzen. Deshalb wurde ich bitter, als Sie Golconda mit einer Droge verglichen haben. Manchen Leuten genügt Golconda nicht.«
Der Fischer verstand ihre Unterhaltung auf englisch nicht. Er bemerkte abfällig: »Schlechte Jäger. Sie haben das Krokodil verfehlt. Ich könnte es mit bloßen Händen und einem Messer fangen. Das habe ich früher oft getan ... ohne Gewehr. Was für schlechte Jäger das sind!«

Der Swimmingpool befand sich auf der untersten Terrasse des Hotels. Er lag nur etwa drei Meter über dem Meer und wurde beherrscht vom Donnern der Wellen, die gegen die Felsen anstürmten. Sein ruhiges Wasser wirkte nicht wie das Wasser eines Swimmingpools; es erinnerte eher an eine winzige Bucht in den Felsen, die sich wunderbarerweise der brodelnden See für ein paar Augenblicke entziehen konnte. Der Swimmingpool wirkte nicht wie ein künstlich geschaffenes und von Wasserröhren gespeistes Becken, sondern als habe das Meer ihn aus einer Laune heraus geschaffen, wie ein Atemholen

des Meers, wie ein Hafen, der vorübergehend Schutz bot.
Glänzende, große Blätter rahmten ihn ein und so schwere Blüten auf so schwachen Stengeln, daß sie sich lösten, ins Wasser fielen und zwischen den Schwimmern dahintrieben wie die Spielzeugboote kleiner Kinder.
Der Swimmingpool war eine Insel warmen, ungefährlichen Wassers, in dem mindestens ein Mann die ewige Ruhe gesucht hatte, indem er sich aus einem der Hotelfenster hineinstürzte. Seit dieser Zeit wurde der Swimmingpool um Mitternacht abgeschlossen. Alle, die wußten, daß der Nachtwächter lieber den Tanzenden auf dem Platz zusah, und daß man leicht über das Tor klettern konnte, kamen nachts vor dem Schlafengehen dorthin. Dieser Ort stand nicht Lärm und Frivolitäten offen, sondern den heimlichen Verabredungen nach dem Tanz.
Es war auch Lillians Lieblingsplatz vor dem Schlafengehen. Die beruhigende Atmosphäre, die durch sanftes warmes Wasser entsteht, hatte Lillian damals vermißt, als sie vom Kind zur Frau wurde.
Sie empfand das uneingestandene Bedürfnis, aus einer freundlichen Quelle die Bestätigung zu erhalten, daß die Welt freundlich und warm war und nicht kalt und grausam, wie es während des Tages vielleicht den Anschein hatte. Diese Bestätigung blieb allen Erwachsenen vorenthalten, und deshalb sagte Lillian niemandem etwas von der Rolle, die der

Swimmingpool in ihrem jetzigen Leben spielte. Dieselbe Rolle war einmal einem Nachtwächter zugefallen. Sie war zehn Jahre alt und lebte in Mexiko, wo ihr Vater Brücken und Straßen baute. Der Nachtwächter der Stadt, eine mittelalterliche Gestalt, wanderte nachts durch die Straßen und rief: »Alles ist gut, alles ist ruhig und friedlich. Alles ist gut.«

Lillian hatte vor dem Einschlafen immer darauf gewartet, daß der Nachtwächter vorüberging. Es spielte keine Rolle, unter welchen Spannungen sie während des Tages gestanden und welche Katastrophen sich in der Schule, auf der Straße oder zu Hause ereignet hatten; sie wußte, der Moment würde kommen, wenn der Nachtwächter ganz allein durch die dunklen Straßen wanderte, seine Laterne und die Schlüssel schwang und monoton rief: »Alles ist gut, alles ist gut, ist ruhig und friedlich.« Kaum hatte er das gesagt, kaum hatte sie das Klirren der Schlüssel gehört und den Schein seiner Laterne an der Wand ihres Zimmers gesehen, schlief sie augenblicklich ein.

Andere, die zum Swimmingpool kamen, gehörten zur Gemeinschaft all jener, die gerne Gesetze übertreten und Genüsse stehlen und die das Gefühl liebten, daß der Nachtwächter des Hotels jeden Moment am oberen Ende der langen Treppe auftauchen konnte; sie wußten, seine Stimme würde im Rauschen des Meeres untergehen, und da er zu bequem war herunterzukommen, würde er lediglich das

Licht ausschalten, als genüge das, die Eindringlinge zu verscheuchen. Es war keine Strafe, wie der Nachtwächter glaubte, im Dunkeln schwimmen zu müssen und sich im Dunkeln davonzustehlen, sondern ein besonderes Vergnügen.
In der Dunkelheit wurde man sich der weichen Nacht noch deutlicher bewußt. Man spürte das pulsierende Leben in den Muskeln und überließ sich dem Wohlgefühl der Bewegung. Die einsetzende Stille war die Stille einer Verschwörung. Zu dieser Stunde ließ jeder seine Maske fallen, und alles, was man sagte, entstammte einem Bereich der Unschuld, den die zerstörerischen Konventionen verschont hatten.
Auch der Arzt kam zum Swimmingpool, nachdem er sein Arztköfferchen an der Rezeption zurückgelassen hatte. Er sprach, als wolle er vergessen, daß alle ihn brauchten, und daß ihm wenig Zeit zur Muße und kaum Zeit zu Vergnügungen blieb. Doch Lillian spürte, daß er nie aufhörte zu diagnostizieren. Er schien nicht zu glauben, jemand könne frei von Schmerzen sein. Er fand keine Ruhe, bis er den Finger auf den wunden Punkt gelegt hatte.
Jetzt saß Lillian in einem der weißen, mit Schnur bespannten Stühle, die wie liegende Harfen aussahen, und spielte geistesabwesend mit den weißen Kordeln, als komponiere sie ein Lied.
Der Arzt beobachtete sie und sagte: »Ich kann nicht entscheiden, welche der beiden Drogen Sie brau-

chen: die Droge des Vergessens oder die Droge der Erinnerung.«
Lillian verließ den Harfenstuhl, glitt ins Wasser, legte sich auf den Rücken und suchte Unbeweglichkeit.
»Golconda bringt Vergessen, und genau das brauche ich«, erwiderte sie lachend.
»Manche Erinnerungen haben sich wie Splitter ins Fleisch eingegraben, und man kann sie nur durch eine Operation herausbringen.«
Sie tauchte unter, um ihn nicht zu hören. In der Nähe der Stufen, wo er saß, tauchte sie wieder auf und fragte: »Komme ich Ihnen wirklich wie jemand mit einem Splitter im Fleisch vor?«
»Sie verhalten sich wie jemand auf der Flucht.«
Sie wollte nicht von diesem Wort berührt werden. Sie tauchte wieder ins tiefe Wasser, wie um alle Erinnerungen von ihrem Körper zu waschen. Sie wollte die Vergangenheit abwaschen. Glänzend und glatt tauchte sie wieder auf, aber nicht befreit. Das Wort war in sie eingedrungen und verursachte in ihrer Brust eine Beklemmung wie Sauerstoffmangel. Die Suche nach der Wahrheit war wie das Tiefseetauchen eines Forschers oder das Erklimmen unerreichbarer Höhen. In beiden Fällen war Sauerstoff das Problem – ganz gleich, ob man sich in zu großer Tiefe oder zu großer Höhe befand. Jede Welt außer der gewöhnlichen, durchschnittlichen, bewirkte solche Atemschwierigkeiten. Vielleicht glaubten die Mystiker aus diesem Grund, daß für jeden Erfah-

rungsbereich eine andere Atemtechnik erforderlich sei.
Der Druck in ihrer Brust zwang sie, aus dem Wasser zu steigen und sich neben den Arzt zu setzen, der auf das Meer hinausblickte.
So unbeschwert wie möglich und in der Hoffnung, die Ernsthaftigkeit des Arztes zu vertreiben, sagte sie: »Ich war eine Frau, die sich wegen einer Laufmasche im Strumpf so sehr schämte, daß sie den ganzen Abend lang nicht tanzte ...«
»Es war nicht die Laufmasche in Ihrem Strumpf...«
»Sie meinen ... andere Dinge ... ich habe mich geschämt ... einfach unbestimmt geschämt ...«
»Hätten Sie sich nicht wegen anderer Dinge geschämt, wäre Ihnen die Laufmasche im Strumpf gleichgültig gewesen ...«
»Es ist mir nie gelungen zu beschreiben oder zu verstehen, was ich empfand. Ich habe so lange in einer gefühlsbeherrschten Welt gelebt. Ich habe begehrt, ohne zu wissen weshalb. Ich habe zerstört, verloren, ohne zu wissen weshalb. Ich bin besiegt worden, habe mich und andere verletzt ... das alles war schmerzhaft. Es war wie ein Dschungel, in dem ich mich dauernd verirrte ... ein Chaos.«
»Chaos ist ein bequemes Versteck für alle, die flüchten. Sie fliehen vor der Wahrheit.«
»Weshalb wollen Sie mich zwingen, mich zu erinnern? Das Schöne an Golconda ist, daß man sich nicht erinnert ...«

»In östlichen Religionen gibt es den Glauben, daß die Menschen die Summe ihrer Erfahrungen auf Erden mitnehmen und an der Grenze überprüfen lassen. Je nachdem, was der himmlische Zollbeamte vorfindet, wird man entweder geradewegs in einen neuen Erfahrungsbereich geführt, oder man wird zurückgeschickt, um das gleiche Drama von neuem zu durchleben. Das Urteil zur Wiederholung wird erst dann aufgehoben, wenn man die alten Erfahrungen verstanden und transzendiert hat.«
»Also glauben Sie, ich sei zur Wiederholung verurteilt? Sie glauben, ich hätte die Vergangenheit nicht bewältigt?«
»Ja, es sei denn, Sie wissen, wovor Sie davonrennen ...«
»Das glaube ich nicht, Doktor. Ich weiß, hier kann ich neu anfangen.«
»Also werden Sie ins Chaos zurückfallen. Und dieses Chaos ist wie der Dschungel, den wir vom Boot aus gesehen haben. Es ist auch Ihr Täuschungsmanöver.«
»Aber ich fühle mich neu ...«
Der Gesichtsausdruck des Arztes verriet einen Moment lang Verwirrung, als sei er sich seiner Diagnose nicht mehr sicher. Oder hatte er an Lillian so etwas Schwerwiegendes entdeckt, daß er sie nicht alarmieren wollte? Bei dem Wort »neu« machte er völlig unerwartet einen Rückzieher, lächelte nachsichtig, hob die Schulter, als habe ihr Argument ihn über-

zeugt, und sagte schließlich: »Vielleicht hat sich auch nur die Kulisse geändert.«
Lillians Blick wanderte prüfend über den Swimmingpool, das Meer und die Pflanzen. Sie konnte sie jedoch nicht als Kulisse sehen. Sie waren zu sehr von Substanzen erfüllt, von durchdringenden Substanzen, die wie die neuesten Drogen die Chemie des Körpers verändern. Die Weichheit erreichte die Nerven; die Schönheit umgab und umhüllte die Gedanken. Unmöglich konnte sich an diesem Ort das Schema ihres vergangenen Lebens wiederholen, konnten die gleichen Gestalten wieder auftauchen, wie das der Arzt fest annahm. War es wirklich so, daß das Ich, das unterhalb des Wahrnehmungsfeldes lebte, sich immer wieder die gleichen Gestalten mit unbedeutenden Varianten suchte in der festen Absicht, dasselbe grundlegende Drama wieder aufzuführen wie ein gut ausgebildeter Schauspieler mit einem begrenzten Repertoire?
Und genau in dem Augenblick, als sie überzeugt war, daß die Tropen die große Macht hatten, einen Charakter zu verändern, tauchten bestimmte Persönlichkeiten auf, die keine Ähnlichkeit mit denen zu haben schienen, die sie in dem anderen Land zurückgelassen hatte. Über diese Menschen freute sie sich, denn sie waren Geschenke von Golconda. Sie sollten Lillian von anderen Freundschaften, anderen Lieben und anderen Orten heilen.
Fred, der Anhalter, war ein Student an der Universi-

tät von Chicago. Man hatte ihn im Hotel angestellt, um die Anfragen zukünftiger Gäste zu übersetzen. Lillian nannte ihn »Weihnachten«, denn sobald er etwas sah, was ihn begeisterte – ein kupferner Sonnenaufgang oder ein Flamingo, eine junge Mexikanerin in ihrem weißen, gestärkten Kleid oder eine Bougainvillea in voller Blüte – rief er: »Das ist wie Weihnachten!«
Fred war groß und blond. Er bewegte sich unschlüssig, als sei er noch nicht sicher, daß seine Arme und Beine ihm gehörten. Er befand sich in diesem Stadium der Jugend, in dem sein Körper ihn behinderte, als sei er eine Schale, aus der er versuchte herauszuwachsen. Ihn beschäftigten noch immer die Mechanismen des Lebens, und er war noch unfähig, es zu genießen. Das Leben war für ihn immer noch eine Initiation, eine Prüfung. Er gehörte noch der nordischen Mitternachtssonne; die Sonne in den Tropen vermochte ihn nicht zu bräunen, er bekam davon nur Sommersprossen. Manchmal wirkte er wie ein blonder Engel, der gerade von einer schwarzen Messe kam. Er lächelte unschuldig; man war jedoch sicher, daß er in seinen Träumen die Engel und Chorknaben entkleidet und sie geliebt hatte. Pans kleines Lächeln spielte um seinen Mund. Seine Augen sprachen nur von der weiten Wüste, die zwischen den Menschen lag, und sein Mund verriet das Erbeben, das ihn erfaßte, wenn Menschen sich ihm näherten. Seine Augen sagten: Komm mir nicht zu nahe!

Aber sein Körper glühte vor Wärme. Der zusammengepreßte, kontrollierte Mund verriet seine Schüchternheit.
Er staunte über alles Neue; er bezog sich jedoch hartnäckig immer wieder auf die Tage der Kindheit, die ihm eine ständige Freude geschenkt hatten. Jeder Tag war Weihnachten; die Schildkröteneier, die es zum Mittagessen gab, waren ein Geschenk der Mexikaner; die geöffnete und mit Rum versetzte Kokosnuß war eine neue Art Bonbon.
Seine einzige Angst kreiste um das Problem seiner Rückkehr. Ihm blieb nicht genug Zeit, per Anhalter zurückzufahren. Allein die Herreise hatte ihn einen ganzen Monat gekostet. Er besaß kein Geld und hatte deshalb beschlossen, auf einem Frachter zu arbeiten, der ihn zurückbringen sollte.
Alle boten an, ihn zu unterstützen, um sein Weihnachten zu verlängern. Aber schon eine Woche nach seiner Ankunft erkundigte er sich nach Frachtern, die ihn rechtzeitig zurückbringen würden, um das College zu beenden. Außerdem wollte er zurück zu Shelley, dem Mädchen, mit dem er verlobt war.
Aber Shelley war kein Grund zur Eile, erklärte er. Wegen Shelley hatte er beschlossen, den Sommer über als Anhalter zu reisen. Er war verlobt, und er hatte Angst – Angst vor dem Mädchen. Er brauchte Zeit, Zeit um etwas zu erleben, Zeit, um ein Mann zu werden. Ja, um ein Mann zu werden. (Er zeigte immer wieder Shelleys Foto herum. An der Stupsna-

se, dem Lächeln und den weichen Haaren war nichts, was einen hätte ängstigen können.)
Lillian fragte ihn: »Hätte Shelley dir nicht helfen können, ein Mann zu werden?«
Er erwiderte achselzuckend: »Ein Mädchen kann einem Jungen nicht helfen, ein Mann zu werden. Ich muß das Gefühl haben, ein Mann zu sein, *ehe ich heirate.* Und ich weiß nichts über mich ... oder über Frauen ... oder über die Liebe ... ich habe gedacht, diese Reise würde mir helfen. Aber ich stelle fest, daß ich mich vor allen Mädchen fürchte ... nicht nur vor Shelley.«
»Worin liegt der Unterschied zwischen einem Mädchen und einer Frau?«
»Mädchen lachen. Sie lachen dich aus. Und das einzige, was ich nicht ertragen kann, ist ausgelacht zu werden.«
»Sie lachen dich nicht aus, Weihnachten. Sie lachen, weil sie ihre eigenen Ängste verbergen und frei und unbekümmert wirken wollen. Oder sie lachen, damit du nicht glaubst, sie nähmen dich zu ernst. Vielleicht lachen sie aus Vergnügen, um dich zu ermutigen. Stell dir vor, welche Angst du hättest, wenn sie nicht lachen würden. Stell dir vor, sie würden dich ernst ansehen und dir das Gefühl geben, daß ihr Schicksal in deiner Hand liegt, und dies sei eine Frage von Leben oder Tod. Das würde dich doch noch mehr ängstigen, oder?«
»Ja, sehr viel mehr.«

»Soll ich dir die Wahrheit sagen?«
»Ja, Sie haben eine Art, Dinge zu sagen, die mir das Gefühl gibt, daß Sie mich nicht auslachen.«
»Wenn ... du damit experimentierst, ein Mann zu werden, ehe du deine Freundin heiratest, wirst du vielleicht auch feststellen, daß sie dich geliebt hat, *weil* du ein Junge warst ... sie liebt dich für das, was du bist und nicht für das, was du einmal später sein wirst. Vielleicht wird sie dich weniger lieben, wenn du dich änderst ...«
»Wieso glauben Sie das?«
»Wenn du dich wirklich ändern möchtest, würdest du nicht so ungeduldig auf die Rückreise warten. Deine Gedanken kreisen nur um die Auslauftermine der Frachter!«
Wenn Fred an den Swimmingpool kam, konnte Lillian beinahe sehen, wie er seine zwei separaten und einander widersprechenden Wünsche bei sich trug – einen in jeder Hand. Doch solange er sich darum bemühte, mit ihnen zu jonglieren, ohne das Gleichgewicht zu verlieren, empfand er wenigstens nicht den Schmerz, nicht zu leben, den Schmerz der Lähmung angesichts des Lebens.
Er lächelte Lillian voll Dankbarkeit an. Lillian dachte, daß die primitiven Völker klüger waren, da sie eindeutige und festgelegte Rituale besaßen: In einem gewissen Augenblick, den der Kalender bestimmte, wurde ein Junge zu einem Mann.
Fred richtete in der Zwischenzeit seine ganze Ener-

gie auf eigene Rituale: Er mußte Wasserski fahren können; er mußte der beste Schwimmer und Taucher sein; er mußte die Mexikaner in seine Kenntnis des Jazz einweihen; er mußte alle übertreffen, wenn es darum ging, ohne Schlaf auszukommen oder zu tanzen.

Lillian hatte zu ihm gesagt: »Ängste können es nicht ertragen, ausgelacht zu werden. Wenn du alle deine Ängste vornimmst, eine nach der anderen, wenn du dir eine Liste machst, dich ihnen stellst, beschließt, ihnen den Kampf anzusagen, dann werden die meisten verschwinden. Fremde Frauen, fremde Länder, fremde Gerichte, fremde Krankheiten.«

Während Fred unermüdlich im Swimmingpool tauchte, kam Diana an.

Diana war als Siebzehnjährige nach Mexiko gekommen, als sie ein Malstipendium gewonnen hatte. Sie war geblieben, hatte geheiratet und ein Haus in Golconda gebaut. Sie war die meiste Zeit über allein. Ihr Mann arbeitete und war viel unterwegs.

Diana malte nicht mehr, sondern sammelte Stoffe, Bilder und Schmuck. Sie verbrachte den ganzen Morgen damit, sich anzuziehen. Sie saß nicht länger vor der Staffelei, sondern vor dem Schminktisch, und sie machte eine Kunst daraus, einheimische Stoffe und Schmuck zu tragen.

Wenn sie schließlich die Treppe zum Hotel hinunterstieg, wurde sie zu einem lebendig gewordenen Bild. Sie zog die Blicke aller auf sich. Um ihren Körper waren die Farben von Diego Rivera und Orozco drapiert. Manchmal schien ihr Kleid mit großen Pinselstrichen gemalt zu sein, manchmal billig gefärbt wie die Kleidung der Armen. Dann wieder schien sie Fragmente aller Mayawandgemälde zu tragen, kühne symmetrische Muster mit kohlschwarzen Konturen, denen das Alter die Farben entzogen hatte. Die schweren Ohrringe aztekischer Krieger, Halsketten und Armbänder aus Muschelschalen, Gold- und Silbermedaillons, geschnitzte Köpfe und Amulette, Tiere und Knochen – in all diesen Dingen fing sich das Licht, wenn sie sich bewegte.

Vielleicht war es ihre extreme Lebendigkeit, die sie daran hinderte, an einem Bild zu arbeiten, die ihre Leidenschaft für Farben und Gewebe auf ihren eigenen Körper konzentrierte.

Lillian sah sie später einmal auf einem Kostümfest, wo sie einen leeren Bilderrahmen um den Hals trug. Dianas Kopf ersetzte die Leinwand – ihr Kopf mit dem schlanken Hals, mit dem wuscheligen Haar, der gebräunten Haut und den erdfarbenen Augen. Der leere Bilderrahmen als Maskierung war eine exakte Darstellung ihrer Geschichte.

Diana verwendete große Sorgfalt auf ihre Kleidung, darauf, Spannungen zwischen Farben und Metallen zu schaffen, und sobald sie oben auf der langen Treppe erschien, gab sie sich ebensolche Mühe, die Blicke aller auf sich zu ziehen; sie bot ihr Gesicht mit den feingemeißelten Zügen dar, das zu einem ätherischen Geschöpf gehörte und unstimmig auf einem üppigen Körper saß, der an die sinnlich ruhenden Frauengestalten realistischer Gemälde denken ließ. Sobald Diana feststellte, daß alle Augen auf ihr ruhten, war sie zufrieden und konnte sich der zweiten Phase ihres Auftritts widmen.

Als erstes schob sie die Brüste vor, wie um zu beteuern, daß sie einen atmenden, üppigen Körper besaß und nicht nur ein Gemälde war. Doch der lebhafte Kopf mit den feinen Zügen und den unbändigen Haaren und der Körper mit seiner eigenen Sprache, der Sprache des Striptease, standen in einem merkwürdigen Gegensatz zueinander; denn nachdem ihre Brüste sich wie die einer Schwimmerin vor dem Sprung gehoben und vorgestreckt hatten, bewegte sie sich immer noch wiegend; zwar konnte man dem Weg ihrer Hand über die verschiedenen Stellen ihres Körpers nicht folgen, doch Lillian hatte trotzdem das Gefühl, Diana habe wie eine Stripteasetänzerin mysteriöserweise die Aufmerksamkeit auf die Rundung ihrer Schulter oder auf die schlanke Taille gelenkt. Die Illusion des Provokativen wurde noch vergrößert, weil sie sich mit der verschwenderischen Üppigkeit alter Zivilisationen gekleidet hatte, nur um Schritt für Schritt daranzugehen, sich zu entkleiden. Dies war ihre künstlerische Interpretation des Lebens der Einheimischen.

Zuerst legte sie die Ohrringe auf den Tisch und rieb sich die Ohrläppchen. Die Ringe verursachten ihren

Ohren, die frei sein wollten, Schmerzen. Niemand vermochte sich diesem Schauspiel zu entziehen. Dann ließ sie die leichte Jacke von den Schultern gleiten und trug nur noch ein rückenfreies Strandkleid. Nach dem Frühstück lag sie in einer Liege auf der Terrasse und machte Pläne für den Strand; doch dabei drehte, wendete und rekelte sie sich auf jede erdenkliche Weise, um der Bewegungslosigkeit zu entgehen. Sie streifte die Armreifen ab, massierte sich das Handgelenk, das sie gefesselt hatten. Das Strandkleid war ihr zu warm. Und wenn sie schließlich an den Strand kam, war sogar der Badeanzug unsichtbar geworden. Durch einen Taschenspielertrick sah man sie als eine der üppigen nackten, braunen Frauen auf Gauguins Tahiti-Bildern, obwohl sie ebenso gekleidet war wie jede andere Frau am Strand.
Wer auch immer dafür gestimmt hatte, ihr ein Jahr zu ermöglichen, in dem sie sich der Kunst der Malerei widmen konnte, war klug und weitsichtig gewesen.
Absurderweise verlor Fred in Dianas Gegenwart seine Angst vor Frauen, die lachten. Vielleicht lag es daran, daß Diana ständig lachte, daß ihr Lachen wie die Gitarrenmusik eine Untermalung der Tage in Golconda zu sein schien.
Fred wollte, daß Diana und Lillian ihn auf seinem täglichen Gang zu den Frachtern begleiteten, die in Richtung Heimat auslaufen würden. Das Schiff, auf

dem man ihm Arbeit angeboten hatte, war noch nicht reisefertig. Es wurde sehr langsam mit Kokosnüssen, getrocknetem Fisch, Krokodilhäuten, Bananen und Körben beladen.
Zu dritt gingen sie den Kai entlang und sahen den Fischern zu, die tropische Fische fingen, oder betrachteten eine Riesenschildkröte, die man auf den Rükken gedreht hatte, damit sie nicht fliehen konnte, ehe man Schildkrötensuppe aus ihr machte.
Sie beobachteten die Vorbereitungen der kleinen Schiffe zum Auslaufen, stellten dem Kapitän mit dem Piratenschnurrbart Fragen, auch dem Maat mit dem nackten Oberkörper, und weil sie ihm keinen festen Abreisetag nannten, erreichte die Angst von Weihnachten ihren Höhepunkt.
Er mußte sich selbst etwas beweisen, und das war ihm noch nicht gelungen. Einerseits genoß er sein Abenteuer, plante aber ständig, es zu beenden.
Der Kapitän erlaubte ihm, sich das Schiff anzusehen. Fred stand auf dem Deck und sah zu Diana und Lillian auf den Kai hinunter. Sie winkten ihm spöttisch wie zum Abschied zu, und er winkte zurück. Erst in diesem Moment fiel ihm auf, wie lebendig Lillians Haare waren, als würde sich jede ihrer Locken um seine Finger wickeln; er bemerkte Dianas schlanken Hals, und wie er sich einer Berührung anbot; er sah das Licht in ihren Gesichtern, und wie ihre flatternden Kleider sie zärtlich umhüllten.
Hinter den beiden Frauen ragten die sanften violet-

ten Berge von Golconda auf. Fred hatte weder die Frauen noch die Stadt wirklich kennengelernt und war schon wieder dabei, sie zu verlieren. Da überfiel ihn Schmerz und der heftige Wunsch, nicht abzureisen. Er rannte die Gangway hinunter, schob die Träger beiseite und eilte zu all den Ängsten zurück, die die Nähe der Frauen in ihm verursachten.
Weder Diana noch Lillian halfen ihm. Sie lächelten fröhlich, ohne einen Schatten des Bedauerns und zwangen ihn nicht zum Bleiben; sie klammerten sich auch nicht an ihn. Und in seinem Innersten wußte er, sie halfen ihm, ein Mann zu werden, indem sie ihm die Möglichkeit gaben, Entscheidungen selbst zu treffen. Das war Teil der Initiation. Sie raubten ihm die Kindheit nicht; er mußte sich selbst von ihr lossagen.
Fred liebte sie beide. Diana, weil sie das Aroma, die Farben und den Duft von Golconda verkörperte, und Lillian, weil ihr Wissen über ihn ihm zu einer Inkarnation verhalf, und weil sie wie ein mächtiger Strom war, der ihm Leben schenkte.
Wenn er die Gangway hinaufstieg, um seine Abreise zu proben, spürte er im gleichen Moment, daß er noch nicht bereit war zu gehen, und er fühlte sich noch nicht bereit zu leben, wenn er zu den beiden zurückkehrte; er schwebte schmerzlich zwischen den Polen. Dianas Einladungen in das unbekannte, unvertraute Leben der Sinne konnte er nicht folgen, doch er konnte auch nicht abreisen.

Zwischen Dianas Angeboten eines liegenden Gauguin-Aktes und dem Auslaufen des Schiffes fand ein unsichtbarer Wettlauf statt. Das Schiff, der Kapitän, der Maat und die Männer, die es beluden, wußten anscheinend, daß Fred noch nicht zur Abreise bereit war, denn als Fred eines Tages wie üblich um vier Uhr nachmittags am Kai erschien, war das Schiff verschwunden!

Er sah es gerade noch am Horizont – ein kleiner schwarzer Fleck, der nicht genug Rauch ausstieß, um seine Abfahrt darin einzuhüllen.

Lillian schlenderte durch den Markt. Es war wie ein Bummel durch einen orientalischen Basar: goldene Filigranarbeiten aus Spanien, Seidenschals aus Indien, bestickte Röcke aus Japan, glasierte Tonwaren aus Afrika, graviertes Kupfer aus Marokko. Statuetten aus Ägypten, Gewürze und Weihrauch aus Arabien. Als Golconda ein bedeutender Seehafen gewesen war, hatte jedes Land etwas von seinen Reichtümern dort zurückgelassen. Als die Schiffe es nicht mehr anliefen, hatten die Mexikaner Varianten dieser Dinge geschaffen und sie durch eigene Erfindungen bereichert.

Über den Käfigen mit tropischen Vögeln wölbten sich gestreifte Baldachine wie die Zelte indischer Maharadschahs. Von ihnen hatten die Mexikaner auch die Kunst gelernt, Vögel abzurichten, die ihnen gefaltete Papierstreifchen aus der Hand pickten, auf denen Weissagungen für die Zukunft geschrieben waren.

Lillian gab dem Mann ihre Münzen für einen Spruch. Der Vogel wählte aus einer Handvoll Papierchen sorgfältig die Botschaft: »Du wirst finden, was du suchst!« Lillian lächelte. Sie überlegte, ob der Vogel unter den vielen winzigen gefalteten Papierchen auch den Spruch herausfinden würde, der ihr sagte, *was* sie suchte. Sie beschloß, noch ein paar Münzen zu opfern. Doch der mexikanische Besitzer erlaubte ihr keinen weiteren Versuch. »Es bringt Unglück, das Schicksal zweimal zu befragen. Zwei Antworten werden Sie nur in Verwirrung bringen.«

Neben Lillian stand ein Mann, der in Golconda als Fremdenführer bekannt war. Lillian hatte ihn noch nie gemocht. Nicht, weil sie seine Arbeit verurteilte, Golconda den Schaulustigen zu verkaufen, die es nicht selbst entdecken konnten, auch nicht, weil sie keine Sympathie für die Fremden hatte, die als zahlende Gäste an den Hochzeiten und Festen anderer teilnehmen wollten, sondern weil er überall, wo er stand, sei es am Hoteleingang, sei es vor den Reisebüros oder am Eingang der Stierkampfarena, wie ein Zuhälter wirkte, wie ein Zuhälter, der sich dessen schämte, was er verkaufte, als sei Golconda keine strahlende Stadt, sondern ein Packen obszöner Postkarten. Es lag auch an der zweideutigen Art, mit der

er sich ihr das erste Mal flüsternd genähert hatte: »Möchten Sie an einer echten mexikanischen Hochzeit teilnehmen?«, als frage er: »Soll ich Ihnen einen hübschen jungen Mann beschaffen?«
Vielleicht identifizierte Lillian sein gelbes Gesicht, die abgewendeten Augen und die sich ständig bewegenden Lippen mit Neugierde, mit dem Zuschauer, mit all dem äußerlichen Leben. Und doch dachte sie errötend: Ich bin bereit, einen Führer für meine Reise nach innen zu suchen. Ich bin bereit, von einem abgerichteten Vogel zu verlangen, mir aus einem Häufchen gefalteter Papierschnipsel die Richtung meiner Reise nach innen zu weisen!
Dieser Gedanke bewirkte, daß sie den Reiseführer etwas nachsichtiger ansah, und er spürte ihren schwächer werdenden Widerstand. Er machte einen Schritt auf sie zu und flüsterte an ihrer Schulter, die sich in seiner Augenhöhe befand: »Ich kann Ihnen etwas zeigen, was Sie wirklich interessieren wird. Glauben Sie mir, es ist keine gewöhnliche Touristenattraktion. Es handelt sich um einen Landsmann, einen Amerikaner in Schwierigkeiten. Sie sind doch Amerikanerin, nicht wahr? Man hat mir von Ihnen erzählt. Sie sind als Kind mit Ihrem amerikanischen Vater, einem Ingenieur, nach Mexiko gekommen. Sie sprechen fließend Spanisch, und Sie kennen unsere Sitten. Ich habe Sie mit einem Taschentuch auf dem Kopf in der Kirche gesehen, ein Beweis, daß Sie unsere Bräuche achten. Aber ich weiß, Sie sind Ame-

rikanerin. Haben Sie Mitleid für einen Amerikaner, der sich in Schwierigkeiten befindet? Wären Sie bereit, ihm zu helfen?«

Lillian kämpfte mit ihrem Mißtrauen gegen den Reiseführer, dessen eidechsenfarbene Augen unverwandt auf die Sommersprossen ihrer Schultern starrten.

»Was hat er für Schwierigkeiten?«

»Nun ja, die Polizei hat ihn im Bus nach Yukatan ohne Papiere entdeckt. Er wurde hierher ins Gefängnis gebracht, wo er seine Reise begonnen hatte. Er sitzt nun schon seit einem Jahr.«

»Ein Jahr? Und man hat nichts für ihn unternommen?«

Die Lippen des Mannes, die die Worte eher zu kauen und zu knabbern als auszusprechen schienen, knabberten ins Leere, ohne ein Wort hervorzubringen, während er nachdachte.

»Es ist ein Amerikaner, der kein Wort Spanisch spricht, den man im Ausland festhält. Vielleicht könnten Sie sich zumindest einmal mit ihm unterhalten.«

»Und nichts ist getan worden? Niemand hat etwas unternommen? Hat er sich nicht an das amerikanische Konsulat gewendet?«

Der Mann machte eine Geste der Gleichgültigkeit und gab sich dabei nicht damit zufrieden, ein imaginäres Gewicht von den Schultern zu schütteln, sondern wusch sich auch die Hände davon rein, und indem er sich abwandte und ein paar Schritte beiseite ging, ließ er erkennen, daß er mit der Sache nichts zu tun hatte. Es sah fast so aus, als wolle er jede Geste der Gleichgültigkeit vorwegnehmen, die Lillian vielleicht machen würde.

»Wo ist das Gefängnis?«

Er ging verstohlen vor ihr her. Ob es daran lag, daß er sich schämte, Fremden die Szenerie seines Heimatdorfes vorzuführen, ob er sich schämte, für Geld über Hochzeiten und Beerdigungen hereinzubrechen, jedenfalls bewegte er sich, als führe er seine Kunden immer zu verrufenen Plätzen – was vielleicht auch der Fall war.

Die Touristen behandelten ihn ungewöhnlich herzlich. Sie fühlten sich isoliert und hielten ihn irrtümlich für eine Brücke der Freundschaft zwischen sich und den Einheimischen. Sie verbrüderten sich mit ihm, als sei er nicht nur Dolmetscher, sondern auch Mittler. Sie tranken mit ihm und schlugen ihm wohlwollend auf den Rücken.

Aber Lillian sah ihn als Zerrspiegel, der jede Beziehung zwischen Touristen und Mexikanern verdarb. Nur die Misere des amerikanischen Gefangenen trieb sie dazu, ihm durch Straßen zu folgen, durch die sie noch nie gegangen war, die Straßen hinter dem Markt und hinter der Stierkampfarena.

Sie befanden sich im Wohngebiet der Einheimischen: eine Ansammlung von schäbigen, aus allem Möglichen zusammengeschusterten Hütten – aus

Wellblech und Zeitungen, aus Palmstämmen, Treibholz, Pappe, Benzinfässern. Sie hatten Lehmböden und als Betten Hängematten. Gekocht wurde auf offenen Feuerstellen im Freien. Wie armselig die Behausungen auch aussehen mochten, sie verschwanden alle unter Blumen, und in jedem Fenster hing ein Käfig mit einem Singvogel. Gleichgültig, wie arm die Leute auch waren, die Wäsche auf der Leine glich einer Palette, auf der die mexikanischen Maler die wärmsten und leuchtendsten Farben hätten finden können.

Weshalb ging ihr das Mißgeschick des Amerikaners so zu Herzen? War es die Tatsache, daß er ein Ausländer in einem Land war, dessen Sprache er nicht beherrschte? Sie stellte sich ihn im Gefängnis vor, wo er verseuchtes Wasser trinken mußte, von dem die Ausländer alle die Ruhr bekamen, oder wo er vielleicht von Moskitos gestochen wurde und die Malaria bekam.

Alle ihre Beschützerinstinkte erwachten, und plötzlich schien selbst der Fremdenführer nicht länger ein Zuhälter zu sein, der das intimste Leben Golcondas verkaufte, sondern ein freundlicher Mann, der verstand, daß Touristen in echte Schwierigkeiten geraten konnten und nicht immer absurd reiche, mächtige Menschen waren.

Das Gefängnis befand sich in einer ehemaligen, nun entweihten Kirche. Die Spitzbogenfenster waren schwer vergittert. Das ursprüngliche Ocker und Ko-

rallenrot schmückte immer noch die Wände und verlieh dem Gefängnis eine heitere Atmosphäre. Die Kirchenglocken dienten dazu, die Gefangenen zu den Mahlzeiten zusammenzurufen, die Schlafenszeit zu verkündigen oder Alarm zu schlagen, wenn einer der Insassen entflohen war. Der Fremdenführer schien mit den Örtlichkeiten bestens vertraut zu sein; die Wachen unterbrachen nicht einmal ihr Kartenspiel, als er eintrat. Sie waren unrasiert, und ohne die Uniformen hätte man sie für Gefangene halten können. Das Gefängnis roch immer noch nach Weihrauch, in den sich der Geruch von Tabak mischte. Einige der Sockel, auf denen einmal Statuen gestanden hatten, dienten jetzt als Ablagen für Jakken und Gewehre. Über dem Weihwasserkessel hingen gefüllte Patronengürtel. Eine einzelne Statue der Jungfrau, der Jungfrau mit dem dunklen Gesicht von Guadalupe, hielt man offensichtlich für ausreichend, um über das Gefängnis zu wachen.
»Buenos dias« – »Muy buenos dias.«
»Die Dame möchte den amerikanischen Gefangenen besuchen.«
Einer der Wächter, der bis jetzt geschlafen hatte, zog mit einem unbestimmten Zögern die Schlüssel hervor. Offensichtlich dachte er daran, dem Fremdenführer die Schlüssel auszuhändigen und seine Siesta fortzusetzen, doch plötzlich erwachte sein Stolz, und er beschloß, die ihm zufallende Rolle mit übertriebener Arroganz zu spielen.

Die Wände im Innern waren himmelblau gestrichen. Die Decken schmückten immer noch die Gemälde nackter Engel, Wolken und verblaßter junger Frauen, die Harfe spielten. Auf allen Pritschen lagen schlafende Gefangene. Der Amerikaner stand an der Gittertür seiner Zelle und beobachtete die Ankunft der Besucherin. Seine dünnen, langen Finger umklammerten die Gitterstäbe, als wolle er die Tür aus den Angeln reißen. Aber in seinem hageren, unrasierten Gesicht lag ein Schimmer von Ironie, die Lillian als Demonstration von Mut interpretierte.
»Wie freundlich von Ihnen zu kommen«, sagte er.
»Was kann ich für Sie tun? Soll ich das amerikanische Konsulat benachrichtigen?«
»Das haben bereits andere erfolglos versucht. Es gibt zu viele von uns.«
»Zu viele?«
»Na ja, Amerikaner ohne Papiere ... Leute, die von zu Hause weggelaufen sind, Leute, die sich dem Militärdienst entziehen, entflohene Kriminelle, Flüchtlinge, die behaupten, Amerikaner zu sein, Expolitiker, Exgangster, Männer, die vor ihren Ehefrauen und vor Alimentenzahlungen davongelaufen sind ...«
»Was ist mit Ihren Papieren passiert?«
»Ich ging eines Tages schwimmen und ließ meine Kleider am Strand liegen. Als ich aus dem Wasser kam, waren die Kleider verschwunden und mit ihnen meine Papiere. So bin ich hier gelandet.«

Seine Augen ruhten auf ihrem Gesicht. Sie waren rot, vermutlich vor Schlaflosigkeit. Die Belustigung, die in ihnen lag, mochte tatsächlich eine Form von Mut sein.
»Aber was kann ich für Sie tun? Wie kann ich Sie hier herausholen? Ich bin nicht reich. Ich bekomme eine kleine Gage als Pianistin in der *Black Pearl.*«
Das sanfte Flehen in seinen Augen stand im Gegensatz zu seinen abgehackten Worten: »Am besten können Sie mir helfen, indem Sie dem Fremdenführer fünfzig Dollar geben. Haben Sie soviel übrig? Er wird alles in Ordnung bringen und mich herausholen. Er kennt sich aus. Wäre das möglich?«
»Das ist möglich. Aber wie kommen Sie nach Hause, wenn Sie hier heraus sind. Werden Sie ohne Papiere nicht sofort wieder festgenommen?«
»Wenn ich draußen bin, kann ich per Anhalter nach Mexico City fahren und dort aufs Konsulat gehen. Wenn Sie mich herausholen, werde ich mit allem anderen schon fertig.«
Später, als Lillian das Geld übergeben hatte, fühlte sie sich unglaublich leicht, als habe sie einen Teil ihrer selbst befreit. Der Gefangene hätte sie verfolgt. Ihre übersteigerten Gefühle sagten ihr, es mußte eine Beziehung zwischen der Lage des Gefangenen und ihr geben. Sie hatte mehr als nur Mitleid mit einem Landsmann empfunden. Vielleicht war es Mitleid für einen Mitgefangenen.
Nach außen hin war sie frei. Aber frei wovon? Hat-

te sie nicht auch ihre Ausweispapiere verloren? Glich ihre Reise nicht dem Verhalten dieses südamerikanischen Vogels, der über den Sand lief und seine Spuren mit einer seiner Federn verwischte, die länger als alle anderen wurde, und die er wie einen Staubwedel benutzte?

Die Intensität von Golconda, das Licht, das die Gedanken blendete und die Augen der Erinnerung schloß, hatte die Vergangenheit ausgelöscht. Die Befreiung von der Vergangenheit stellte sich mit unvertrauten Dingen ein, von denen keines eine beschwörende Macht besaß. Sobald Lillian die Augen öffnete, befand sie sich in einer neuen Welt. Die Farben hier waren alle leuchtend und strahlend; es waren nicht die schimmernden Grau- und matten Pastelltöne ihrer Heimat. Das Frühstück bestand aus einem Teller saftiger und fleischiger Früchte, die sie noch nie gegessen hatte, und selbst das Brot hatte einen anderen Geschmack. Ehe die Brote in den Backofen geschoben wurden, verbrannte man würzige Kräuter darin, was dem Brot ein schwaches Anisaroma verlieh.

Den ganzen Tag über gab es keinen vertrauten Gegenstand, der sie in ihr vergangenes Leben zurückversetzen konnte. Der Gärtner war der erste Mensch, den sie morgens sah. Sie beobachtete durch die halbgeschlossenen Bambusjalousien, wie er den Kies und den Sand rechte – nicht, als wolle er seine Arbeit schnell hinter sich bringen, sondern als sei das

Rechen von Kies und Sand eine höchst angenehme Beschäftigung, deren Genuß er möglichst in die Länge ziehen wolle. Hin und wieder unterbrach er seine Arbeit, um sich mit einem kleinen Mädchen in einem weißen Kleid zu unterhalten, das in seiner Nähe Seil hüpfte und ihm Fragen stellte, die er freundlich beantwortete.

»Wieso haben manche Schmetterlinge so schöne bunte Flügel und andere nicht?«

»Die einfarbigen haben Eltern, die nicht malen konnten.«

Selbst wenn vertraute Gegenstände auftauchten, geschah es nicht im üblichen Rahmen; etwa die riesige hölzerne Coca-Cola-Flasche, die man vor dem Stierkampf in die Arena brachte – sie war ein grotesker surrealistischer Traum. Lillian hatte erwartet, daß die Stiere sie angreifen würden, doch kurz bevor man den ersten Stier in die Arena ließ, erschienen die Helfer (die dazu da waren, den toten Stier hinauszuschleppen und die Blutspuren zu beseitigen), legten die Flasche um und trugen sie auf ihren Schultern weg – die niedergestreckte Trophäe Werbung!

So war alles Freiheit: ihre Stunden, ihre Zeit und sogar die Musik, die sie abends improvisierte – der Jazz, der ihr ermöglichte, alle ihre Stimmungen auszuspielen.

Aber es gab einen Augenblick, der anders war; und das Wissen um diesen Moment rief vielleicht das Gefühl der Verwandtschaft mit dem Gefangenen hervor. Es war die Stunde vor dem Abendessen, wenn sie gebadet und sich umgezogen hatte. In dieser Stunde würde ein echter Abenteurer den Höhepunkt seines Spiels mit der Schönheit der Nacht erreichen und das Gefühl haben: Jetzt beginnt der Abend, und ich werde einem Menschen begegnen, den ich umwerben kann oder der mich umwerben wird, ein Abenteuer mit der Laune und dem Verlangen, und in diesem Spiel finde ich vielleicht die Liebe ...

Wenn Lillian zu dieser Stunde einen letzten Blick in den Spiegel warf, erschien ihr die Fliegentür ihres Zimmers wie eine verriegelte Gefängnistür, und das Zimmer wie eine Zelle – und das lag daran, daß sie eine Gefangene der Angst war: Der Augenblick vor dem unbekannten Spiel mit einer Beziehung oder anderen Menschen machte sie vor Angst wie gelähmt. Wer würde sie zum Tanzen auffordern? Würde niemand kommen, würde sich niemand an sie erinnern? Würden all die Gruppen, die sich abends bildeten, vergessen, sie in ihre Pläne einzubeziehen? Würde sie auf die Terrasse kommen und nur den Direktor der Chicagoer Schlachthöfe als Tanzpartner finden? Würde sie die Treppe hinuntergehen und Weihnachten als verwirrten Zuschauer von Dianas aufreizendem Verhalten vorfinden? Würde sie beobachten, wie Paare in Autos zu den Fiestas fuhren und andere zum Sonntagabend-Tanz den Hügel hinaufstiegen, während Doktor

Hernandez von einem Filmstar in Beschlag genommen wurde, weil die Dame glaubte, sie sei an Malaria erkrankt?

Das war der Augenblick der zeigte, daß Lillian eine Gefangene ihrer Ängste war und nicht eine echte Abenteurerin; sie war keine Spielerin, die lächelnd verlieren konnte, der ein leerer Abend ebensowenig etwas anzuhaben vermochte wie ein Abend mit einem Betrunkenen, der darauf bestand, ihr zu beschreiben, wie die Schlachthöfe funktionierten und wie die Tiere dort getötet wurden.

Diese Katastrophenvorstellungen wurden nie Wirklichkeit. Einige Leute fanden sich immer am Klavier ein, wenn sie spielte, und sie warteten, bis sie eine Pause einlegte, um sie einzuladen, sich zu ihnen zu gesellen. Doch das tatsächliche Geschehen befreite sie nie aus ihrer inneren Gefangenschaft der Angst, der Erwartung des Alleinseins.

Lillian hätte gern den Gefangenen noch einmals besucht, doch sie stellte sich vor, er sei bereits unterwegs nach Mexico City. Ihr blieb genug Zeit, um zu dem spanischen Restaurant am Marktplatz hinunterzugehen, das sie dem Hotel vorzog. Im Hotel nahm sie das Abendessen allein ein. Auf dem Marktplatz hatte sie das Gefühl, mit der ganzen Stadt beim Abendessen zu sitzen, an zahllosen Leben teilzuhaben.

Der Platz war das Herz der Stadt. Auf der einen Seite öffnete die Kirche ihre Tore zu ihm hin; die anderen

Seiten wurden gesäumt von Cafés und Restaurants mit ihren Tischen auf den Gehwegen. Außerdem gab es dort ein Kino. In der Mitte war ein Podium für die Musikkapelle und darum herum ein kleiner Park mit Bänken. Auf den Bänken saßen junge, schwärmerisch verliebte Paare, müde Landstreicher und Männer, die Zeitung lasen, während kleine Jungen ihnen die Schuhe polierten. Auf dem Gehweg hockten Straßenhändler inmitten ihrer Körbe mit kandierten Früchten, bunten Fruchtsäften, roten und gelben Zigaretten und Zeitschriften. Alte Frauen mit schwarzen Schultertüchern gingen still in die Kirche oder kamen heraus; Kinder bettelten, und Marimbaspieler ließen sich vor den Cafés nieder und spielten so lange, wie man ihnen Münzen zuwarf. Sänger blieben stehen und sangen; kleine Mädchen verkauften Halsketten und Ohrringe aus Muscheln. Die Prostituierten promenierten in Taftkleidern und mit Blüten in den schwarzen Haaren auf und ab.

Der Strom von Bettlern bot immer neue Variationen. Sie wechselten ihre Behinderungen. Hatten sie es satt, Blindheit vorzuspiegeln, erschienen sie plötzlich mit einem Holzbein. Die wirklich Behinderten waren so erschreckend wie die Gestalten eines Alptraums: Ein runzliger, ausgezehrter kleiner Junge lag auf einem kleinen Tisch mit Rädern, den er mit faltigen Händen vorwärtsbewegte; eine alte Frau war so verkrümmt, daß sie an die Wurzeln eines uralten Baumes erinnerte; viele waren blind und hatten anstelle von Augen eiternde Geschwüre. Aber wie Doktor Hernandez Lillian erzählt hatte, lehnten sie alle ärztliche Hilfe ab. Sie wollten auf keinen Fall die Straßen verlassen, auf das Schauspiel religiöser Prozessionen, der Feuerwerke, der Platzkonzerte, den Strom der Touristen in ihrer exzentrischen Aufmachung verzichten.

Mitten unter ihnen saß an einem Tisch in der Nähe der amerikanische Gefangene mit dem Fremdenführer.

An den lauten Stimmen, den vielen leeren Tequilaflaschen auf dem Tisch erkannte Lillian, zu welchem Zweck ihre Spende für die Freilassung verwendet worden war. Die beiden Männer waren zu betrunken, um sie zu erkennen. Blicklose Augen, unsichere Gesten verrieten einen Rummelplatz des Geistes mit den Karussells, dem Peitschengeknall, den Geisterbahnen, den Spiegelkabinetten, den Achterbahnen und den tollkühnen Motorradfahrern in den Todesspiralen der Trunkenheit. Über ihre schweren Zungen rollten die Worte wie auf geölten Rädern; ihr Lachen glich plötzlich aufsteigenden Fontänen.

Als Lillian gerade Platz nahm, näherte sich ein kleiner Ire mit einem alterslosen runden Gesicht und runden, völlig starren Augen ihrem Tisch. Die Rundheit und Starre der Augen verlieh dem Gesicht den Ausdruck höchster Unschuld. Er begrüßte Lillian und bat um Erlaubnis, sich zu ihr setzen zu dür-

fen. Wie die Mexikaner trug er eine weiße Hose, ein blaues offenes Hemd und Espadrillos. Er sprach so monoton und abgehackt, daß es schwerfiel, ihn zu verstehen.
Seine Taschen waren mit kleinen Fragmenten von Ausgrabungen gefüllt: Köpfe, Arme, Beine, Schlangen, Flöten, Tonscherben unterschiedlicher indianischer Herkunft. Er zog eines dieser Objekte aus der Tasche, hielt es zur Begutachtung auf der Handfläche und erzählte Lillian dann leise die Geschichte des Stücks.
Er forderte niemals jemanden auf, etwas zu kaufen, doch wenn ein Tourist fragte: »Verkaufen Sie es?« nickte er traurig, als gehöre es zu seiner Privatsammlung, und er sei nur der höfliche Gastgeber.
Wenn er Lillian begegnete, zeigte er ihr jedesmal eines dieser Stücke und brachte ihr bei, die einzelnen Perioden voneinander zu unterscheiden – zum Beispiel daran, ob der Gegenstand aus Ton oder Stein war, an der Schrägstellung der Augen, am Kopfputz oder an der Art des Schmucks, so daß Lillian allmählich mit der Geschichte Mexikos vertraut wurde.
O'Connor sprach nie von etwas anderem als von den neuesten Ausgrabungen, an denen er sich beteiligt hatte, und von der Geschichte der kleinen Funde. Danach fiel er in eine Art tropischer Trance.
Die theatralischen Szenen auf dem Platz genügten ihm zu seinem Glück – zwei streitende Matrosen, Liebende beim Stelldichein, eine mexikanische Fa-

milie, die feierte, weil ihre Tochter zur Schönheitskönigin des diesjährigen Karnevals gewählt worden war, Männer, die nach dem Abendessen allein Schach spielten. O'Connor lebte das Leben anderer. Lillian konnte sehen, wie er die Leute beobachtete, bis er zu ihnen *wurde*. Er saß wie ein Körper ohne Geist auf seinem Stuhl, und Lillian spürte, wie er das Leben der Liebenden lebte, das Leben der Matrosen. Sie glaubte, er würde die Geschichte mit dem Gefangenen verstehen und zusammen mit ihr über ihre Einfalt lachen. Doch er lachte nicht; zum ersten Mal verloren seine Augen die gläserne Starre und wurden feucht vor Mitgefühl.

»Ich wünschte, ich hätte Sie warnen können ... Ich habe nie geahnt ... Man stelle sich vor, Sie haben den *einen* Gefangenen befreit, der es nicht verdient! Ich habe es Ihnen nie erzählt ... wenn ich nicht mit Anthropologen und bei Ausgrabungen arbeite, verbringe ich meine ganze Zeit damit, Ausländern zu helfen, die in Schwierigkeiten geraten sind – ein Matrose, der sich mit einem Mexikaner geprügelt hat ... ein Tourist, der einen Esel überfahren hat. Wenn es sich um arme Leute handelt, oder wenn Ausländer sich mit einem Einheimischen angelegt haben, neigen die Mexikaner dazu, sie im Gefängnis zu vergessen. Hier wimmelt es von Menschen, die sich nicht darum kümmern, was mit anderen geschieht. Sie sind hierhergekommen, um sich zu amüsieren. Sie laufen vor ihrer Bürde zu Hause davon. Auch das

Klima hat etwas damit zu tun. Und Sie ... Sie haben den einen Gefangenen befreit, der daraus einen Beruf gemacht hat, der sich mit dem Fremdenführer das Geld teilt, das die Touristen ihm geben. Er lebt davon. Dann verschwindet er wieder schnell im Gefängnis und wartet auf den nächsten.«

Lillian lachte hemmungslos.

»Ich bin froh, daß Sie lachen. Ich glaube, ich nehme das alles zu ernst. Es ist für mich beinahe eine Angelegenheit von Leben und Tod, alle diese Gefangenen zu befreien. Ganz habe ich das nie verstanden. Manchmal vergesse ich sie ein paar Tage, gehe auf meine Expeditionen, gehe schwimmen und reise. Aber ich kehre immer zum Gefängnis und den Gefangenen zurück.

»Wenn Ihnen so viel daran liegt, andere zu befreien, dann müssen Sie versuchen, dadurch auch einen Teil Ihrer selbst zu befreien.«

»Ich habe nie viel darüber nachgedacht ... aber die Verzweiflung, mit der ich arbeite, die viele Zeit, die ich darauf verwende, es ist wie ein Laster, gegen das ich mich nicht wehren kann ... Gefängnistore öffnen und nach Scherben versunkener Kulturen zu suchen. Ich habe nie darüber nachgedacht, was das bedeuten könnte. Verstehen Sie, ich bin hierhergekommen, um zu vergessen. Ich hatte die Illusion, mich mit unpersönlichen Dingen zu beschäftigen und mich so irgendwie von mir selbst zu befreien. Ich glaubte, das Interesse an der Geschichte Mexikos und die Befreiung von Gefangenen bedeute, daß ich mein persönliches Leben aufgegeben hätte.«

»Beunruhigt es Sie so sehr, sich vorzustellen, daß Ihr scheinbar unpersönliches Tun in Wahrheit auf ein persönliches Drama hinweist, in das Sie verwickelt sind? Daß Sie Ihr inneres Drama lediglich von anderen spielen, von anderen darstellen lassen?«

»Ja, es beunruhigt mich. Es gibt mir das Gefühl, daß es mir nicht gelungen ist, vor mir zu fliehen. Und doch habe ich die ganze Zeit gewußt, daß ich irgendwie versagt habe. Denn ich hätte damit zufrieden sein müssen, lebendig zu sein, wie Menschen es sind, die anderen etwas von sich selbst geben. Statt dessen bin ich mir oft wie ein entpersonalisierter Geist vorgekommen, wie ein Mensch ohne Ich, wie ein Zombie. Es ist kein schönes Gefühl. Es erinnert mich an die alte Geschichte von dem Mann, der seinen Schatten verloren hatte.«

»Man kann das Ich nie aufgeben, man findet lediglich neue Wege, um seine Aktivitäten zu bekunden.«

»Wenn Sie wissen, was meine beiden Leidenschaften zu bedeuten haben, dann sagen Sie es mir. Ich würde es gerne erfahren. Ich weiß, ich habe mich selbst getäuscht. Aber bevor wir uns heute abend unterhielten, dachte ich, als ich mich zu Ihnen setzte: Jetzt werde ich mich wieder wie ein Toter verhalten. Ich werde wie ein Fremdenführer über meine neuen Funde sprechen ...«

»Wir können das Ich nie abwerfen. Es lebt durch

unser unpersönliches Tun hartnäckig weiter. Wenn es leidet, versucht es, sich durch unser Tun zu Wort zu melden.«

»Wollen Sie sagen, ich sei selbst einer der Gefangenen gewesen?«

»Ja, ich würde sagen, daß Sie irgendwann einmal, bildlich gesprochen, Fesseln trugen, daß man Sie zumindest davon abhielt zu tun, was Sie tun wollten: Man beschnitt Ihre Freiheit.«

»Das ist richtig.«

»Und jedesmal, wenn es Ihnen gelingt, eine Gefängnistür zu öffnen, haben Sie das Gefühl, mit einem früheren Gefängniswärter eine Rechnung zu begleichen ... zumindest es zu versuchen, wie ich es heute versucht habe ...«

»Wie wahr. Mit fünfzehn galt meine ganze Leidenschaft der Archäologie, und ich bin von zu Hause ausgerissen. Ich versuchte, nach Yukatan zu kommen. Meine Familie alarmierte die Polizei, die mich suchte und zurückbrachte. Von da an ließ man mich nicht mehr aus den Augen.«

Sein Blick richtete sich wieder auf den Platz, und er beendete die Expedition in sein persönliches Leben. Seine Augen wurden wieder rund und starr. Er hatte nichts mehr zu sagen.

Lillian betrachtete ihn. Er erinnerte sie an Tiere, die reglos verharren und die Farbe von Baumrinde oder eines Buschs annehmen, um nicht entdeckt zu werden. Sie lächelte ihm zu, aber er hatte sich bereits zu

weit von der Gegenwart, vom Persönlichen entfernt, als habe er nie mit ihr gesprochen, als kenne er sie nicht.
Sie hatte das Gefühl, daß dieses Eingesperrtsein ihm die Verständigung mit seiner Familie unmöglich gemacht hatte. Damals hatte er seine Zunge verloren, einen lebenswichtigen Teil seiner selbst, und wie viele Statuen er auch immer ausgrub und wieder zusammenfügte, gleichgültig, wie viele Fragmente der Geschichte er zusammensetzte, ein Teil von ihm fehlte und war vielleicht für immer verloren ...
Die Marimbaspieler brachen ab, als seien ihre Instrumente eine Musikbox, die ohne eine bestimmte Anzahl Münzen nicht spielte, und begannen, den Hut herumzureichen.

Am Morgen wurde sie von den hellen Radiumstrahlen der Sonne auf dem Meer, die in ihr mexikanisches Häuschen drangen, geweckt. Die Sonnenaufgänge waren so prächtig wie Szenen an arabischen Höfen. Das Himmelszelt fing Feuer und leuchtete in einem laminierten Korallenrot, das all die zarten Muschelfarben verdrängte, die der Geburt der Sonne vorausgegangen waren. Es kam zu einem Duell zwischen Feuer und Platin. Das Meer schien überall in Flammen zu stehen, bis der brandstifterische Morgen das Feuer löschte. Es folgte eine Neugestaltung mit gedämpfteren Brokaten; das Türkis und das Korallenrot trennten sich; transparente Farben boten sich den Augen dar wie Vorhänge aus hauchdünnen Sarigeweben. Nach einer solchen Ouvertüre hätte der Rest des Tages vielleicht schäbig wirken können – aber nicht in Golconda. Die Morgendämmerung war lediglich ein Farbenregen des Himmels, den Erde und Meer den ganzen Tag über mit Früchten, Blumen und den Kleidern der Einheimischen harmonisch zum Klingen brachten. Es handelte sich nicht nur um Farbtupfer; die Farben leuchteten immer lebendig, glänzend und feucht; sie glänzten wie Menschenaugen und lebten wie Körper.

So wie die Musik in Golconda eine ununterbrochene Kette war, riß auch das Zusammenspiel der Farben nie ab. Wo die Blumen ihre juwelengeschmückten Schaustellungen beendeten, ihre bunten, heidnischen Handschriften, griffen Früchte die Farbtöne auf. Ein- oder zweimal, als Lillian den Mund voller Obst hatte, hörte sie auf zu kauen. Sie hatte das Gefühl, die Morgendämmerung zu essen.

Wenn sie in der Hängematte lag, konnte sie zwischen den schwankenden, fedrigen Palmen das Meer, das Sonnenlicht und die Felsen unten sehen. Von dort sah sie auch den Gärtner. Er arbeitete mit einer Zärtlichkeit, die eine der schönsten Eigenschaften der Mexikaner war. Diese Eigenschaft ließ ihn gleichgültig für seinen Lebensunterhalt arbeiten, aber mit einer Zärtlichkeit für die Pflanzen, einer liebevollen Güte für die Knospen und dem rhythmischen Schwingen des Rechens; und so wurde aus der Arbeit eine Art Andacht.

Lillian hatte tagsüber frei, bis es Zeit war, zu den abendlichen Cocktails und zum Tanz mit dem Orchester zu spielen.

Sie hatte immer geglaubt, das Fest beginne erst mit dem Abend, mit den Jazzmusikern. Aber jetzt erkannte sie, daß es seinen Anfang mit den Extravaganzen der Sonne nahm und mit einer Nacht endete, in der die Blüten sich nicht schließen, die Gärten nicht schlafen und die Vögel ihre Köpfe nicht unter den Flügeln verstecken mußten. Die Nacht kam so sanft, daß eine neue Art Leben erblühte. Wenn man nachts ins Meer tauchte, beleuchteten Phosphorfunken das Wasser, und der feuchte Sand unter den Füßen funkelte geheimnisvoll.

Manchmal schien das Meer kein Wasser zu sein, sondern ein schillernder Teich aus geschmeidigem Quecksilber. Wenn Lillian auf dem Rücken im Wasser lag, konnte sie sehen, wie die einheimischen Musiker an den Strand kamen, und dann schwamm sie ans Ufer zurück.

Ein Gitarrist, ein Geiger, ein Cellist und ein Sänger versammelten sich um einen Sonnenschirm. Der Sänger sang so lieblich und zärtlich, daß die Hängematten aufhörten zu schaukeln. Er verzauberte nicht nur seine Zuhörer, sondern auch die anderen Musiker; der Cellist schloß die schweren Lider und spielte mit so leichter Hand, daß sein brauner Arm nicht vom Gewicht der Hand auf dem Bogen gehalten, sondern durch die wunderbare Kunst eines Yogi zu schweben schien. Das Hawaiihemd schien keine Nerven oder Muskeln zu umhüllen. Der Geige fehlte eine Saite. Doch da das Meer ohnehin ab und zu ein paar Töne davontrug, bemerkte dieses Fehlen niemand.

Die Musik lockte die Wellen an; sie entrollten sich wie ein Ballen Seide und näherten sich den Musikern immer ein Stückchen mehr, um den Fuß des Cellos zu umspülen, der tief im Sand steckte. Der Cellist schien nicht auf die Wellen zu achten. Doch jedesmal, wenn sie heranrollten, um das Cello zu benetzen, hatte er es bereits hoch in die Luft gehoben und spielte ohne Unterbrechung weiter, während die Wellen über seine Füße schwappten und sich dann zurückzogen.

Nach den Musikern kamen Kinder mit Körben auf den Köpfen, die Obst und gebratenen Fisch verkauften. Danach erschien der alte Fotograf mit seiner altmodischen Zieharmonikakamera und einem großen schwarzen Kasten, in den er seinen Kopf steckte. Er war so sorgfältig gekleidet, und sein Schnurrbart war so glatt gebürstet, daß er selbst wie ein altes Foto aussah. Jemand hatte den alten Fotografen so lange retuschiert, bis er ein Schwarz-weiß-Abzug des Alters geworden war.

Lillian ließ sich nur ungern fotografieren, und sie

versuchte, ihm dadurch zu entkommen, daß sie ins Wasser ging. Doch er war ein Mann von unendlicher Geduld. Er wartete schweigend, gesammelt, zerbrechlich und aufrecht. Die Falten in seinem Gesicht wiesen alle nach oben und wurden von einem beinahe ständigen Lächeln unter Kontrolle gehalten. Wie der alte Gärtner widmete auch er sich seiner Arbeit so ritualisiert und verrichtete sie mit so stilisierter Würde, das Lillian glaubte, sie müsse sich bei ihm entschuldigen. »Es tut mir leid, daß ich Sie habe warten lassen.«

»Das macht nichts, garnichts«, erwiderte er freundlich, während er sich daran machte, seine Kamera im Sand aufzustellen; und ehe er unter dem schwarzen Tuch verschwand, fügte er hinzu: »Wir haben alle sehr viel mehr Zeit als Leben.«

Edward, der Ex-Violinist mit roten Haaren und Sommersprossen, der in einem Wohnwagen am Strand lebte, sah zu, wie Lillian fotografiert wurde. Seine Zeitrechnung orientierte sich an seinen vielen Ehen. »Ach, die Explosion auf der Yacht? Das geschah zur Zeit meiner zweiten Frau.« Wenn jemand versuchte, sich daran zu erinnern, wann der amerikanische Meisterschwimmer den Sprung von den Felsen gewagt hatte, dann sagte er: »Oh, das liegt schon vier Frauen zurück!« Die Frauen verschwanden, doch die Kinder blieben. Sie waren so gebräunt, daß man sie nur schwer von den einheimischen Kindern unterscheiden konnte. Edward verdiente sich sein

Geld mit allen möglichen Jobs: Er entwarf Stoffe, half in Silberschmuckläden aus oder baute für irgend jemanden ein Haus. Als Lillian ihn kennenlernte, verteilte er gerade in ganz Mexiko Coca-Cola-Kalender. Zu seinem Erstaunen waren sie bei den Leuten sehr beliebt. Sie hängten die Kalender in ihren Wohnungen auf. Jetzt entrollte er den letzten Kalender, um unter den Badegästen Aufsehen zu erregen: Das Bild zeigte die amerikanische Version eines Menschenopfers bei den Mayas. Die Pyramide war kleiner als die Frau, die geopfert werden sollte und wie Gypsy Rose Lee aussah. Der hagere, glatt rasierte Priester schien der Aufgabe nicht gewachsen zu sein, einen solch prachtvollen Körper zu zerstören, und der feuerspeiende Vulkan rechts im Bild hatte die Größe einer Brust des jungfräulichen Opfers.

Tequila führte bei Edward immer zur völligen Ablehnung der Kunst. Er betonte mit Nachdruck, daß er die Welt der Musik aus eigenem Antrieb aufgegeben hatte. »Hier ist Musik unnötig. Golconda ist von natürlicher Musik erfüllt: Musik zum Tanzen, Musik zum Singen, Musik zum Leben. Die Melodien der Straßenhändler sind besser als jede moderne Komposition. Das Leben ist voller Rhythmus. Die Leute singen bei der Arbeit. Konzerte oder meine Violine vermisse ich überhaupt nicht!«

Das zweite Glas rief Reminiszenzen an Konzertsäle und das Museum of Modern Art hervor, als habe er dort sein Leben vor Golconda verbracht. Mit dem

dritten Glas begann ein Vortrag über die Entbehrlichkeit der Kunst. »Hier zum Beispiel hat man die Lagune und den Dschungel und braucht die Collagen von Max Ernst, seine künstlichen Lagunen und Sümpfe nicht. Die Wüste, die Sanddünen und die gebleichten Knochen von Kühen und Eseln machen Tanguys Wüstenszenen und seine gebleichten Knochen überflüssig. Und was brauchen wir die Säulen von Chirico, wenn wir die Ruinen von San Miguel haben? Mir fehlt hier nichts ... außer einer Frau, die bereit ist, von Bananen und Kokosmilch zu leben.«
»Wenn mir kalt war«, sagte Lillian, »bin ich immer zu Sears Roebuck, in die Abteilung für tropische Vögel und Pflanzen gegangen. Dort war es warm, feucht, und es roch betörend. Oder ich habe mir die tropischen Pflanzen im Botanischen Garten angesehen. Damals suchte ich Golconda dort. Ich erinnere mich an eine Palme, die zu hoch für die Glaskuppel geworden war. Ich sah, wie sie gegen das Glas drückte, sich wünschte darüber hinauszuwachsen, und frei zu sein. Ich denke oft an diese eingesperrte Palme, wenn ich die Palmen von Golconda sehe, die den Himmel fegen.«
Aber beim vierten Glas Tequila klangen Edwards Worte weniger hart. Sein Blick fiel auf die linke Hand, an der ein Finger fehlte. Jeder wußte, obwohl Edward nie darüber sprach, daß dies der Grund für das Ende seiner Laufbahn als Violinist war.
Jeder wußte auch, daß seine Kinder von allen in Gol-

conda geliebt, ernährt und behütet wurden. Auf mysteriöse Weise hatten sie sich mit einer austauschbaren Mutter abgefunden, einer Mutter mit vielen Gesichtern, einer Mutter, die viele Sprachen sprach. Im Augenblick hatten sie Lillian adoptiert, als hätten sie gespürt, daß es in ihr einen Platz für Kinder gab. Er war bereits vorhanden, bereits benutzt und vertraut. Hier fühlten sie sich wohl. Lillian wunderte sich über ihre Klarsicht; wunderte sich, woher sie wußten, daß sie einmal gleichaltrige Kinder gehabt und verloren hatte.

Woher wußten sie, daß Lillian solche Sommersprossen auf der Nase, solch dünne Ellbogen schon einmal geküßt, solche zerzausten Haare schon einmal geflochten und gelernt hatte, wo man vergessene Schuhe wiederfand? Diese Kinder gestatteten ihr nicht nur, die fehlende Mutter zu spielen, sondern schienen darauf bedacht zu sein, eine leere Nische in ihr zu füllen und die fehlenden Kinder zu spielen.

Lillian und die Kinder umarmten sich im Wissen, Ersatz zu sein. Das vertiefte ihre Freundschaft. Es schuf eine Vertrautheit, die die Kinder bei anderen zeitweiligen Müttern nicht empfanden.

Nur ihr gestanden sie, daß sie sich darüber Sorgen machten, welche Frau ihr Vater als nächstes wählen würde. Sie prüften jede neue Frau in Golconda kritisch auf ihre Eignung. Sie hatten ein untrügliches Zeichen entdeckt: »Wenn sie uns mehr liebt«,

erklärten sie, »mag Vater das nicht. Wenn sie ihn mehr liebt, will sie uns nicht.«
Die Schönheitskönigin einer Fluggesellschaft tauchte am Strand auf. Sie ging und bewegte sich, als wisse sie genau, daß sie im Scheinwerferlicht stand. Ihr war offenbar bewußt, daß sie sich so still wie möglich halten mußte, damit die Augen der anderen sie in aller Ruhe mustern konnten, als wollten sie sie fotografieren. So wie sie sich gab und dabei niemanden ansah, wirkte sie wie aus einem Plakat herausgeschnitten, das junge Männer dazu brachte, in den Krieg zu ziehen: eine makellose, unbewegte Oberfläche, nicht der Anflug eines Gedankens, der die Stirn kräuselte. So bot sie sich ohne ein Zeichen des Erkennens den Augen der anderen dar. Ihre Nerven und Sinne schickten weder Botschaften aus, noch nahmen sie welche auf. Sie näherte sich den anderen ohne jede Ausstrahlung von Wärme oder Kälte. Sie war eine Plastikperfektion von Haar, Haut, Zähnen, Körper und Formen, die weder weinen noch rosten noch faltig werden konnte. Bei ihrer Erschaffung schienen nur synthetische Materialien verwendet worden zu sein.
Edwards Kindern flößte diese Frau Unbehagen ein, denn sie konnten sich gut vorstellen, daß das perfekte Bild, das sie bot, die klaren blauen Augen, die elegante Frisur und das makellose Profil den Vater verzauberten. Aber sie wählte sich sehr bald selbst einen Begleiter. Es war der ehemalige Marinesoldat. Man

hatte ihn frühzeitig pensioniert, nachdem er sich freiwillig für ein Atombombenexperiment zur Verfügung gestellt und dabei innere Verletzungen erlitten hatte. Niemand wagte, ihn danach zu fragen oder sich auch nur vorzustellen, welcher Art diese Verletzungen waren. Er selbst gab sich lakonisch. »Ich habe innere Verletzungen.« Eine Wunde war nicht zu sehen. Er war groß, stark und blond; seine Haut färbte sich so schnell, weil er die Sonne nicht vertrug. Seine blauen Augen waren so blau wie die der Schönheitskönigin; beide waren sorglos und nur dazu bestimmt, bewundert zu werden. Er erzählte seine Geschichte ungern. Doch wenn er getrunken hatte, gestand er: »Ich habe mich freiwillig gemeldet, so nah wie möglich stationiert zu werden ... und ich habe innere Verletzungen davongetragen. Das ist alles.«

Keiner der beiden schien einen Schritt auf den anderen zuzumachen, aber da sie sich beide in derselben Sphäre bewegten, in gleicher Höhe und mit derselben Distanziertheit eines Zuschauers, hatten sie einander gefunden und gingen zusammen weiter. Sie liebkosten sich nicht mit den Augen wie mexikanische Liebespaare.

Beide trugen Kameras und fotografierten systematisch alles. Es sah so aus, als seien sie stillschweigend übereingekommen, weder durch Worte noch durch Gesten etwas von sich zu enthüllen.

Edward behandelte sie gleichgültig wie wandelnde

Plakate, wie ausgeschnittene Figuren. Aber Lillian hielt ihr Auftreten für eine Fassade wie jede andere: »Sie kennen ihr wahres Selbst einfach nicht«, sagte sie.

»Wirst du sie mit diesem Selbst bekanntmachen?« fragte Edward ironisch.

»Du weißt doch, das ist gefährlich. Sie würden sich nicht erkennen. Mich würden sie wie einen Eindringling behandeln und ihr unbekanntes Selbst wie einen Einbrecher.«

»Es ist gefährlich, Menschen mit einem Bild von sich zu konfrontieren, das sie nicht sehen wollen.«

Diese Worte erweckten in ihr von neuem das Gefühl der Gefahr und des Geheimnisvollen, das sie jedesmal empfand, wenn sie Dr. Hernandez sah. Ihr fiel ein, wie er einmal gesagt hatte: »Physische Krankheiten habe ich fünfzehn Jahre lang bekämpft. Sie langweilen mich. Ich unterhalte mich damit, als Amateurdetektiv die geheimen Leben der Menschen aufzuspüren.«

Ein anderes Mal hatte er gesagt: »Natürlich bin ich mir vollkommen im klaren darüber, daß Sie mich von der richtigen Spur ablenken, indem Sie mich anstatt in Ihr eigenes in das verborgene Leben aller Ihrer Freunde einweihen. Doch ich will Ihnen eine schockierende Wahrheit verraten: Sie sonnen sich nicht in dieser Wärme hier, sondern in der Passivität und dem Fatalismus meines Volkes. Die Mexikaner glauben, daß man den Charakter eines Menschen nicht verändern und auch nicht beeinflussen kann. Der Mensch ist Teil der Natur und deshalb unberechenbar und unkontrollierbar. Sie glauben, was immer man ist, müsse ebenso hingenommen werden wie Armut, Krankheit und Tod. Die Vorstellung von Anstrengung und Änderung ist unbekannt. Man wird arm geboren, als guter, als schlechter Mensch oder als ein Genie. Man lebt damit ebenso, wie man mit seinen Verwandten lebt.«

»Kommt es vor, daß jemand in Golconda Amok läuft wie in Afrika, auf Bali oder den Südseeinseln?«

»Ja, denn ihr Leben gründet sich auf Resignation, Hinnahme, Demut und Passivität. Wenn sie feststellen, daß sie in einer Falle sitzen, wissen sie nicht, wie sie sich daraus befreien können. Sie wissen nur, wie man nach einem Revolver, einem Messer greift, und wie man tötet.«

»Und niemand sucht nach den Gründen? Niemand forscht nach den Ursachen?«

»Außer mir niemand, und mich wird man dafür bestrafen. Wer auch immer an dieser tierartigen Natur, dieser Osmose mit dem Licht, dem Fehlen von Gedanken etwas zu ändern sucht, wird unweigerlich das Opfer des Hasses, mit dem die Menschen Bewußtheit verfolgen.«

»Sie haben Betäubungsmittel gegen physische Schmerzen. Weshalb dann nicht auch gegen Angst?«

»Weil sie niemanden heilen.«

Auf der Yacht des mexikanischen Generals fand ein Kostümfest statt.
Auf Deck stiegen die Feuerwerkskörper in die Luft, und die Ruderboote, in denen die Gäste bis zur Strickleiter gebracht wurden, mußten mutig einen Schauer von Kometenschweifen durchqueren.
Der mexikanische General hatte sich als einziger nicht verkleidet. Er erwartete die Gäste oben an der Leiter und begrüßte sie mit einer Umarmung. Er hatte einen solchen Leibesumfang, daß Lillian in Erwiderung seiner Begrüßung nur einen der Orden auf seiner Brust küssen konnte.
Hinter Masken, Federn, Flitter und Schminke entdeckte Lillian zunächst nur Augen: Meeraugen, Tieraugen, Erdaugen, Edelsteinaugen. Sie waren starr, beweglich, flüssig, und manche ließen sich unschwer durch einen Blick einfangen; andere entflohen allem und riskierten höchstens ein kurzes Aufblitzen.
Lillian erkannte den Arzt erst, als er sprach. Er hatte sich als aztekischer Krieger verkleidet, hatte Gesicht und Körper bemalt, trug eine spitze Lanze und um den Hals spitze Pfeile. Nun war er an der Reihe, tiefe Wunden zuzufügen; Wunden wie jene, die zu heilen er müde war. Sein Aussehen an diesem Abend verbot allen Frauen, den Kopf an seine Schultern zu legen und ihre Probleme zu beichten. Ehe sie sich in jammernde Kinder verwandelten, forderte er in ihnen die potentielle Geliebte heraus.

Als Diana mit Weihnachten im Schlepptau auftauchte, sagte der Arzt: »Patienten, die an Unterernährung der Sinne leiden, schicke ich zu Diana.«
Diana, deren Kopf aus dem Bilderrahmen ragte, trug eine violette Gesichtsmaske und Haare aus Seetang. Sie tanzte mit Weihnachten, der sehr passend als Mensch von einem anderen Planeten kostümiert war. Doch diese Betonung der Distanz konnte Diana nicht entmutigen. Sie küßte ihn, und der Rahmen fiel ihnen beiden über die Schultern wie ein Rettungsring, der sie auf dem unvertrauten Meer der Sinne treiben ließ, dessen Wellen der Jazz und das Feuerwerk hoch schlagen ließen.
An der Reling lehnte ein Paar, und Lillian hörte, wie die Frau sagte: »Selbst wenn es nicht ernst gemeint ist, sag heute abend, daß du mich liebst. Nur heute abend ... ich werde dich nie daran erinnern. Ich werde dich nie mehr sehen. Aber sag heute abend, daß du mich liebst. Sag, du liebst mich!«
Würde diese Garantie der Freiheit von jeder Verantwortung aus einem Mann einen Liebenden und einen Dichter machen? Würde sie ihm ein lyrisches Geständnis entlocken? Im grünen Schein einer Feuerwerkskaskade sah Lillian, daß der Mann zögerte, selbst nur einen Abend lang eine Illusion zu schaffen. Und Lillian dachte, er hätte sich eigentlich als der größte Geizhals kostümieren sollen!
Die Frau auf der Jagd nach Illusionen verschwand zwischen den Tanzenden.

Jeder tanzte bereits die komplizierten Figuren des Mambo, die nicht nur den Körper in Bewegung setzten, sondern Worte provozierten, die ohne solche Rhythmen nicht gesagt worden wären.
Der Arzt war durch sein Kostüm verwandelt; Lillian beobachtete ihn staunend in der Rolle des skrupellosen Liebhabers, den an der Liebe nur der Krieg und nicht der Trost interessierte. Er hatte mit ein paar ironischen Bemerkungen Diana und Weihnachten getrennt und eine andere Frau soweit gebracht, daß sie allein zwischen den Tauen saß, die wie schlafende Anacondas auf Deck zusammengerollt lagen.
Lillian trank nicht nur Champagner; sie trank die Weichheit der Nacht, die so spürbar war, daß sie das Gefühl hatte, etwas davon geschluckt zu haben, wenn sie den Mund öffnete: Sie drang in ihre Arterien ein wie eine neue, von Alchemisten noch nicht entdeckte Droge. Sie schluckte die Weichheit und schluckte dann auch den Funkenregen des Feuerwerks und fühlte sich erleuchtet. Sie trank nicht nur den Champagner, sondern die fröhlichen Rufe der jungen Mexikaner, die in der Nähe der Yacht nach Silbermünzen tauchten und dann auf die Ankerkette kletterten, um das Fest zu beobachten.
Es gab viele Golcondas – das eine lag über dem Horizont – dunkle Hügel mit Halsbändern aus pulsierenden Lichtern; ein anderes spiegelte sich auf der Satinoberfläche der Bucht; es gab ein Golconda der Öllampen in den Hütten der Einheimischen, ein

Golconda der Kerzen, eines der kalten Neonlichter – das Neonkreuz auf der Kirche, die Neonaugen der Zukunft ohne jede Wärme –, aber alle wirkten sie gleich schön, wenn sie sich im Wasser spiegelten.
Doktor Hernandez tanzte mit einer Frau, die Lillian an Man Rays Bildnis eines Mundes erinnerte: Ein riesiger Mund bedeckte die ganze Leinwand. Der junge Mann, den die junge Frau im Stich gelassen hatte, um mit dem Arzt zu tanzen, wirkte verwirrt; Lillian bemerkte seine Blässe. War er betrunken? Litt er? War er eifersüchtig? Einsam?
Sie sagte zu ihm: »Erinnern Sie sich, daß es auf den Rummelplätzen der ganzen Welt eine glatte Drehscheibe gab, auf der wir alle zu sitzen versuchten? Wenn sie sich schnell und immer schneller drehte, konnten die Leute sich auf der glatt polierten Fläche nicht mehr festhalten, und sie glitten ab.«
»Der Trick dabei ist, daß man in die Hände spucken muß.«
»Dann wollen wir jetzt beide in die Hände spucken«, sagte sie; die Art, wie er seine Lippen zusammenpreßte, ließ sie befürchten, sie hätte ihn verärgert.
»Wir sind beide gleichzeitig heruntergerutscht.«
Er lächelte so gezwungen, daß sich sein Gesicht zu einer Grimasse verzog. Das Geschrei der tauchenden Jungen, die narkotisierenden Lichter, der Karneval des Feuerwerks und der tanzenden Füße drangen nicht mehr zu ihnen, und sie erkannten, daß sie sich in einer ähnlichen Stimmung befanden.

»Hin und wieder, auf einer Party, mitten im Leben habe ich das Gefühl, daß ich abgeglitten bin«, sagte sie, »daß ich in eine Flaute geraten, daß ich aufgelaufen bin ... ich weiß nicht, wie ich es ausdrücken soll.«
»Dieses Gefühl habe ich immer, nicht nur hin und wieder. Was halten Sie davon, ganz zu entfliehen? Ich habe in einer alten Stadt nur vier Stunden von hier ein schönes Haus. Ich heiße Michael Lomax. Ihren Namen kenne ich. Ich habe Sie spielen hören.«
Im Jeep schlief sie ein. Sie träumte von einem einheimischen Fremdenführer mit nacktem, braunem Oberkörper, der am Eingang eines Aztekengrabmals stand. Er hielt eine Machete in der Hand und fragte: »Möchten Sie das Grab besichtigen?«
Sie wollte seine Einladung gerade ablehnen, als sie aufwachte, weil der Jeep auf der holprigen Straße wie ein Kamel schaukelte. Sie hörte das Rauschen des Meeres.
»Wie alt bis du, Michael?«
Er lachte. »Ich bin neunundzwanzig, und du bist etwa dreißig. Du brauchst also nicht in einem solchen Beschützerton mit mir reden.«
»Die Jugend ist wie ein Kaktus«, erwiderte sie und schlief wieder ein.
Sie träumte von einem Chiricogemälde: ein endloses Panorama geborstener Säulen und geisterhafter Figuren, die entweder zu groß waren wie alte griechische Statuen, oder zu klein, wie sie manchmal in Träumen auftauchen.

Aber sie träumte nicht. Sie war wach und fuhr im Morgengrauen über die gepflasterten Straßen einer alten Stadt.
Es gab kein einziges unversehrtes Haus. Es waren die Ruinen ehemals prachtvoller Barockgebäude, über denen immer noch das Schweigen lag, das sich über sie gesenkt hatte, als der Vulkan ausgebrochen war und sie zur Hälfte unter Asche und Lava begraben hatte.
Die Reglosigkeit der Menschen und die Windstille verliehen der Stadt etwas Statisches.
Die Indios lebten still hinter pockennarbigen Mauern, als trauerten sie um die vergangene Pracht. Das Leben der Familien spielte sich im Innenhof ab. Und da die Fensterläden zur Straße geschlossen blieben, wirkte der Ort verlassen wie eine Geisterstadt.
Reihen von Säulen, die jetzt keine Dächer mehr stützten, Kirchen, die sich dem Gewölbe des Himmels öffneten, leere Sitze eines Amphitheaters, die in der Arena das Schauspiel verstümmelter Statuen beobachteten, die die siegreiche Lava von den Sockeln gestürzt hatte. Ein Kloster ohne Türen, die Zellen der Nonnen, Gefängnisse, entlarvte Geheimtreppen.
»Hier ist mein Haus«, sagte Michael. »Es war einmal ein Kloster mit einer Kirche. Die Kirche, oder was von ihr übrig ist, ist inzwischen ein historisches Denkmal.«
Sie durchquerten den Innenhof mit seiner Musik der

Fontänen und betraten einen hohen, weißverputzten Raum. Dunkle Holzbalken, blutrote Vorhänge und schmiedeeiserne Gitter vor den Fenstern schufen die dramatischen Gegensätze, die das Wesen des spanischen Lebens ausmachen – ein Konflikt zwischen Strenge und Leidenschaft, Poesie und Disziplin. Von den hohen Wänden ging etwas Reines und Erhabenes aus, von dem tiefen, sinnlichen Rot primitive Leidenschaft; das dunkle Holz sprach von ernstem Adel; die Eisengitter symbolisierten die Trennung von der Welt, wodurch sich die Individualität stärker entfaltete, als wenn alle Barrieren von Werten und Wertungen abgeschafft wären.
Die Kirchenglocken läuteten unermüdlich, obwohl kein Gottesdienst stattfand; sie schienen Tag und Nacht die Einwohner zu rufen, die vor Jahren beim Ausbruch unter der Lava begraben worden waren.
Lillian wanderte mit Michael durch die stillen Straßen der Stadt und dachte, wie friedlich Spanier und Mayas nun zusammenlebten, ohne daß der Außenstehende ein Zeichen ihrer vergangenen Feindschaft wahrnahm. Die noch vorhandenen Gegensätze waren so fein und indirekt, daß weder Spanier noch Besucher etwas davon merkten. Michael wiederholte immer wieder: »Die Indios sind die eigensinnigsten Menschen, die man sich vorstellen kann.«
In den dunklen reglosen Augen konnten die Weißen niemals auch nur ein Aufflackern der Zustimmung

erkennen. Die Indios gaben ihre Feindseligkeit nicht offen zu erkennen; sie hüllten sich in Schweigen, wenn Weiße sich ihnen näherten, und ihre glänzenden Obsidianaugen besaßen die Fähigkeit, alles widerzuspiegeln, ohne irgendwelche Gefühle zu enthüllen, als seien auch sie aus der schwarzen, glasierten Keramik gemacht. Die Weißen mochten ihnen erklären, wie sie ein Gericht gekocht, ein Haus gebaut, ein Kleid geschneidert haben wollten. In den Augen der Indios zeigte sich nie das kleinste Zeichen von Zustimmung; ihr Lächeln verriet den feinen Spott über die absonderlichen Gewohnheiten der Besucher aus alter und neuer Zeit. Die Indios arbeiteten für diese Besucher, ignorierten jedoch ihre Exzentrik und verweigerten ihnen den Gehorsam, scheinbar aus Unwissen oder mangelndem Verstehen; in Wirklichkeit sprach daraus jedoch ein ungeheurer passiver Widerstand gegen Veränderungen. Und er ermöglichte ihnen, ihre Lebensweise vor allen äußeren Einflüssen zu bewahren.
Die Glocken der katholischen Kirchen läuteten weiter, doch in den Augen der Indios war das auch nur etwas Äußerliches, das man übernahm und auf mysteriöse, undefinierbare Weise verspottete. Bei Kirchenfesten mischten sie Totempfähle zwischen die Heiligenstatuen, verbrannten neben dem katholischen Weihrauch indianisches Räucherwerk und aßen die katholische Hostie ebenso wie die magischen Speisen der Mayas. Sie liebten die Gesänge, die

Orgel und das Kerzenlicht, Spitzen und Brokate; sie spielten mit Heiligenbildern und gleichzeitig mit ihren Knochenhalsketten.
Die Stille der alten Stadt war so auffällig und spürbar, daß sie Lillian beunruhigte. Sie wußte zunächst nicht, wodurch sie entstand. Sie hing wie eine Ungewißheit über ihrem Kopf und war so bedrohlich wie die unbekannten Geräusche des Dschungels, den sie bei der Herfahrt durchquert hatten.
Sie überlegte, was Michael wohl bewegen mochte, hier zwischen Ruinen zu leben. Die Stadt war durch ihre Rückkehr in die Vergangenheit zu Poesie geworden, wie Städte von Malern dadurch in Poesie verwandelt werden, daß sie Elemente weglassen und dem Betrachter die Möglichkeit geben, den leeren Raum selbst zu füllen. Die fehlenden Elemente auf der halbleeren Leinwand sind wichtig, denn sie sind die einzigen Räume, in denen die menschliche Vorstellungskraft ihre eigenen Schlußfolgerungen ziehen kann, die sie mit der eigenen Architektur, ihren Straßen und Menschen aus den persönlichen Mythen füllt.
Eine Ruinenstadt wie diese besaß größere Macht, war noch beschwörender, denn jeder mußte sie neu errichten, und dadurch wurde sie in grenzenlose Schönheit erhoben; sie wurde nie zerstört oder überschattet vom Realismus der Gegenwart, nie gewöhnlich gemacht und gezwungen, ihre Unvollkommenheiten zu enthüllen.

Um in solche Höhen zu gelangen, mußte man vom Künstler lernen, die Einzelheiten zu übersehen und auszulassen, die die Vorstellungskraft belasteten und zu Bruchlandungen führten.
Selbst die Gefängnisse, von denen man wußte, daß sich dort Szenen des Schreckens abgespielt hatten, erlebten in der Sonne unter Efeuranken und sanft von der Zeit gebleicht eine Verwandlung, wurden zu Orten gelassener Heiterkeit, der Passivität und Resignation, die Vergebung der Verbrechen mit einschloß, die der Mensch an Menschen begangen hatte. Im Laufe der Zeit vergibt der Mensch selbst die schlimmste Grausamkeit, weil der geheiligte Wert jedes Menschen verlorengeht, wenn Vater, Mutter, Sohn oder Tochter, Bruder, Schwester oder Ehefrau nicht mehr am Leben sind – sie, die seinem Leben einen Sinn gaben, eine besondere, individuelle Qualität. Die Zeit ist unfähig, einen einzelnen Menschen zu lieben, sie löscht ihn einfach aus. Seine Leiden, Qualen und sein Tod entschwinden in der unpersönlichen Geschichte oder gehen in den poetischen Momenten auf, die Touristen suchen, wenn sie auf umgestürzten Säulen sitzen oder die Objektive ihrer Kameras auf leere, geplünderte Gräber richten; und keiner von ihnen ahnt, daß sie zwischen Ruinen und den Echos der Vergangenheit lernen, den einzelnen Menschen weniger wertvoll zu finden, um sich so auf ihr eigenes Entschwinden vorzubereiten.
Die alte Stadt legte sich beklemmend auf Lillians

Herz. Sie hatte für solche Reisen in die Vergangenheit nichts übrig. Ihr erschien dieser Ort wie eine Stadt, die ihre Toten betrauerte, obwohl sie sich nicht an die Menschen erinnern konnte, um die sie trauerte. Auf Lillian wirkte die Stadt wie die Ruinen auf den Bildern von Chirico, und sie fragte Michael: »Wieso herrscht hier diese bedrückende Stille?«
»Hier weht kein Wind«, erwiderte Michael.
Das stimmte. Die Windstille gab der Stadt die statische Schönheit eines Gemäldes.
Doch es gab noch einen anderen Grund für das Schweigen, und ihn entdeckte Lillian erst am Nachmittag. Sie nahm auf der Terrasse ein Sonnenbad.
Die intensiven Sonnenstrahlen betäubten sie. Sie schlief ein und hatte einen Traum. Ein großer Geier kreiste über der Terrasse, stürzte herab, und sie spürte seinen Schnabel an der Schulter. Lillian erwachte schreiend, richtete sich auf und sah, daß sie nicht geträumt hatte, denn ein Geier hatte sie an der Schulter verletzt und flog gerade langsam und schwerfällig davon.
Wo Geier leben, rotten sie alle Singvögel aus. Das Fehlen von Wind und Singvögeln war der Grund für diese versteinerte Stille.
Lillian begann, Abneigung gegen die alte Stadt zu empfinden. Der Vulkan erhob sich drohend am Rand der Stadt; er ragte so steil und hoch auf, daß sein Gipfel in den Wolken verschwand. »Ich bin einmal dort oben gewesen«, erzählte Michael. »Ich ha-

be in den klaffenden Krater geblickt und das schwelende Glühen im Innern der Erde gesehen.«
Am Sonntag sagte Michael: »Es wäre schön, wenn du jede Woche deinen freien Tag hier verbringen würdest.«
An diesem Abend saßen er, Lillian und andere Gäste im Innenhof. Plötzlich erschien am nächtlichen Himmel etwas, was zunächst wie ein fliegender Komet aussah. Es explodierte hoch in der Luft unter lautem Donnern und Krachen, und ein Funkenregen fiel herab.
Lillian dachte: »Der Vulkan!«
Sie liefen zu den Fenstern auf der Straßenseite. Draußen stand eine Gruppe junger Männer in dunklen Anzügen und schimmernden weißen Hemden. Sie unterhielten sich lachend. Das Feuerwerk erhellte ihre dunklen, glatten Gesichter. Die Marimbas spielten wie Kinderklaviere kurze leichte Töne, die so fröhlich klangen, daß man glauben konnte, es sei das Lachen der Instrumente selbst.
Die Feuerwerkskörper waren an hohen Gestellen in der Form von Bäumen befestigt und brannten Ast um Ast, Zweig um Zweig ab. An den Enden der goldenen und roten Äste hingen Planeten, Blumen und Räder, die sich drehten, entzündeten, in die Luft flogen, wo sie explodierten, barsten und zur Erde zurückfielen, als seien Sonne, Mond und Sterne aufgerissen worden und verstreuten ihre Lichtjuwelen und Freudenfunken.

Manche der Blumen verstreuten ihre goldenen Pollen; die Planeten flogen in den Raum, ließen die Asche und die Skelette ihrer Körper zurück. Doch einige der Wagenräder kreisten, angetrieben von jeder neuen Explosion ihrer goldenen Speichen, wild rollend in den Raum und kehrten nicht zurück, weder als goldene Schauer noch als Asche.
Wenn die Funken wie ein Goldregen zur Erde fielen, rannten die Kinder herbei und stellten sich darunter, als könne das Goldbad ihre zerlumpten Kleider und ihr Leben in Licht verwandeln.
Michael stand neben Lillian und genoß das Schauspiel offensichtlich nicht. Sie sah, wie er die Studenten beobachtete. In seinen Augen lag das kalte Glitzern von Hunger, kein Gefühl. Es erinnerte sie beinahe an das kalte Glitzern des Jägers, der vor dem Schuß auf die Beute zielt.
»Die Fiesta ist nur für Männer, Lillian. Die Männer hier lieben sich in aller Offenheit. Siehst du, sie halten sich an den Händen.«
Lillian übersetzte seine Worte: Er will es so. So soll es nach seinem Willen sein.
»Sie möchten allein sein, diese Männer wollen unter sich bleiben. Sie genießen es, ohne Frauen zu sein.«
Er sah sie boshaft an, als wolle er die Wirkung seiner Worte auf sie beobachten.
»Ich habe als Kind in Mexiko gelebt, Michael. Die Frauen dürfen nicht auf die Straße, nicht in die Cafés.

Sie müssen im Haus bleiben. Doch das bedeutet nicht das, was du glaubst ...«

Sie beobachteten die sorgsam gekleideten jungen Männer, die auf der Straße standen und zum Feuerwerk aufblickten. Dann fiel ihnen auf, daß im Haus gegenüber ein Fenster hellerleuchtet war. Hinter dem Eisengitter stand ein sehr junges, in Weiß gekleidetes Mädchen. Im Zimmer hinter ihr drängten sich die Menschen, und die Marimbas spielten.

Dann wurde es still. Einer der jungen Studenten trat mit seiner Gitarre vor, stellte sich unter das Fenster und sang eine Ballade, in der er die Augen, das Lächeln und die Stimme des jungen Mädchens pries.

Sie antwortete ihm mit klarer, heller Stimme und bedankte sich für das Kompliment. Der junge Mann pries sie von neuem und bat dann, in das Haus eingelassen zu werden.

Sie antwortete wieder mit heller, klarer Stimme, bedankte sich auch für die neuen Komplimente, lud ihn aber nicht ein, hereinzukommen. Das bedeutete, man hielt seine Ballade nicht für kunstvoll genug.

Es handelte sich um den alljährlichen Dichterwettstreit, bei dem nur die besten Verse zählten. Die schlechten Dichter blieben auf der Straße und mußten miteinander tanzen!

Eine der Balladen fand schließlich Gnade vor dem Mädchen, und sie lud den Sänger ein. Ihre Familie hieß ihn an der Tür willkommen. Die anderen Studenten klatschten Beifall.

Lillian sagte: »Ich gehe hinaus und tanze mit den schlechten Dichtern.«
»Nein«, sagte Michael, »das kannst du nicht tun!«
»Weshalb nicht?«
»Das tut man hier nicht.«
»Aber ich bin Amerikanerin. Ich muß mich nicht an ihre Sitten halten.«
Lillian ging auf die Straße. Als sie in der Tür erschien, starrten die jungen Männer sie ehrfürchtig an. Dann murmelten sie erfreut: »Die Amerikanerin darf auf der Straße tanzen.«
Einer der Mutigeren forderte sie zum Tanz auf. In seinen Armen glitt sie davon. Die Marimbas klimperten wie Spieldosen, klingelten wie tibetanische Glöckchen und manchmal wie balinesische Zimbeln. Das Feuerwerk beleuchtete den Himmel und die Gesichter.
Andere Studenten drängten sich um Lillian und warteten auf eine Gelegenheit, mit ihr zu tanzen. Sie schenkten ihr eine Blume für ihr Haar. Taktvoll schirmten sie Lillian gegen andere, bereits betrunkene junge Männer ab. Sie glitt aus den Armen eines Studenten in die des nächsten. Im Vorübertanzen entdeckte sie Michaels kaltes, zorniges Gesicht hinter dem Fenster.
Sie tanzten schneller, und Lillians Partner wechselten öfter. Sie sangen Balladen in ihre Ohren.
Mit der Zeit machte das Tanzen auf dem Kopfsteinpflaster Lillian müde, und sie wurde auch etwas

ängstlich, denn die Studenten wurden leidenschaftlicher und berauschter. Deshalb tanzte sie auf das Haus zu, wo Michael wartete. Die jungen Männer begriffen, daß sie fliehen wollte, und alle, mit denen sie noch nicht getanzt hatte, umdrängten sie bittend und flehend. Aber Lillian war außer Atem und hatte einen Absatz verloren. Deshalb eilte sie zur Haustür, die Michael öffnete und hinter ihr schnell wieder schloß. Die Studenten hämmerten gegen die Tür, und einen Moment lang fürchtete Lillian, sie würden sie einschlagen.

Dann bemerkte Lillian, daß Michael zitterte. Er wirkte so blaß, verschlossen und unglücklich, daß sie liebevoll fragte: »Was ist los, Michael? Was ist los, Michael? Nimmst du mir übel, daß ich auf der Straße getanzt habe? Bist du unglücklich, weil dein Traum von einer Welt ohne Frauen sich nicht bewahrheitet hat? Warum gehst du nicht mit? Wir sind in das Haus der Festkönigin eingeladen.«

»Nein, ich gehe nicht.«

»Ich verstehe dich nicht, Michael. Du gibst deutlich zu erkennen, daß du eine Welt ohne Frauen möchtest.«

»Ich betrachte dich nicht als Frau.«

»Weshalb hast du dann etwas dagegen, daß ich auf eine Party gehe?«

»Ich habe etwas dagegen.«

Lillian erinnerte sich daran, daß sie hierhergekommen war, weil Michael Kummer zu haben schien; sie

war gekommen, um ihm zu helfen, und nicht, um ihn zu verletzen.
»Dann bleibe ich hier.«
Sie saßen allein im Innenhof.
Wenn die Stadt, für die wir uns entscheiden, ein Abbild unserer inneren Landschaft ist, dachte Lillian, dann hat Michael sich ein prachtvolles Grab ausgesucht, um in den Ruinen seiner vergangenen Lieben zu leben. Die Schönheit des Hauses, seiner Kleidung, seiner Bilder und seiner Bücher scheinen wie kostbare Juwelen, Urnen, Parfums und Goldschmuck zu sein, wie man sie in den Gräbern ägyptischer Pharaonen findet.
»Vor langer Zeit«, sagte Michael, »habe ich beschlossen, mich nie wieder zu verlieben. Ich habe mein Begehren zu einer anonymen Aktivität gemacht.«
»Aber nicht zu fühlen ... nicht zu lieben ... das ist wie bei lebendigem Leibe tot sein, Michael.«
Das Begraben der Gefühle hatte zu einer Art Tod geführt, und er trug den Leichnam seiner Gefühle mit sich herum; das verlieh ihm trotz seiner Eleganz und seiner hellen Erscheinung etwas Statisches; er war statisch wie die alte Stadt.
»Bald wird die Regenzeit beginnen, das Haus wird kalt und feucht sein, und die Straßen werden unpassierbar. Ich hatte gehofft, du würdest so lange im Hotel spielen.«
»Weshalb kommst du dann nicht nach Golconda?«
»Dieser Ort hier entspricht meiner derzeitigen Stim-

mung«, erklärte Michael. »Die Fröhlichkeit und Lebendigkeit von Golconda schmerzt mich wie zu große Helligkeit in den Augen.«
»Was für eine merkwürdige Unterhaltung, Michael. Wir sitzen hier in diesem Innenhof, der mich an Tausendundeine Nacht erinnert – der Springbrunnen, die Palme, die Blumen, der Mosaikboden, der unglaubliche Mond und der Duft von Rosen. Wir sitzen hier und unterhalten uns wie Bruder und Schwester, die ein mysteriöses Unheil getroffen hat. Tanz und Vergnügen finden nebenan statt, ganz in der Nähe, aber wir sind davon ausgeschlossen ... aus eigenem Entschluß.«
Nachts wirkte Lillians Zimmer mit den weißgetünchten Wänden, den dunklen Möbeln und den vergitterten Fenstern wie die Zelle einer Nonne. Lillian wußte, sie würde nicht bleiben, denn Michael wollte, daß sie mit ihm der Welt den Rücken kehrte. Sie hörte Geflüster im Dunkeln. Michael redete erregt, und jemand sagte: »Nein, nein.« Dann hörte sie, wie ein Stuhl zurückgeschoben wurde. Umwarb Michael einen der jungen Studenten? Michael, der leichthin gesagt hatte: »Da ich dich nicht hier halten kann, wünsche ich mir nur, daß du in der nächsten Inkarnation als Junge geboren wirst, denn dann werde ich dich lieben.«

Eines Tages sah Lillian in Golconda einen Bus vorüberfahren, der nach San Luis fuhr, wie die Auf-

schrift verriet. In der Nähe wohnte Hatcher, und sie stieg ein.
Der Bus war vollgestopft, nicht nur mit Menschen, sondern mit Maissäcken, Hühnern mit zusammengebundenen Beinen, Truthähnen in Körben, mit rotem Samt bezogenen Kirchenstühlen, einem Postsack und Babies in den Armen ihrer Mütter.
Auf dem Vordersitz entdeckte Lillian den jungen Stierkämpfer, den sie am vergangenen Sonntag in der Arena gesehen hatte. Er war sehr jung und sehr schlank. Das dunkle Haar war wirr und ungebändigt, nicht glatt und straff gebunden wie beim Stierkampf. In der Arena schien er nur aus Nerven, federnder Spannkraft und elektrisierter Spannung zu bestehen. In seiner weißen Hose und dem weiten Hemd wirkte er nun zart und verletzlich. Lillian hatte erlebt, wie der Stier ihn in wilden Zorn versetzte, wie er den Stier tollkühn herausforderte, denn das Tier hatte ihm bei einem seiner Angriffe mit einem Horn die Hose aufgeschlitzt, hatte ihn in aller Öffentlichkeit entkleidet. Das kleine Stückchen Haut, das sich unter der türkisfarbenen, brokatbestickten Hose zeigte, die glänzende warme nackte Haut hatte das Duell mit dem Stier eher zu einer sinnlichen Szene gemacht als zu einem Kampf zwischen Angreifer und Opfer, und die Spannung schien weniger die eines symbolischen Rituals zu sein, in dem sich tierische und menschliche Stärke maßen, sondern eher die Spannung einer sexuellen Begegnung.

Die Verletzlichkeit und Blöße des Mannes hatte die Frauen erregt, die Würde des Stierkämpfers jedoch verletzt, und ihn tausendmal tollkühner, zorniger und wilder gemacht ...

Der Busfahrer neckte ihn. Der Stierkämpfer sagte, er wolle seine Eltern in San Luis besuchen. Der Busfahrer vermutete, sein Besuch gelte Maria. Der Stierkämpfer wollte nicht reden. Neben ihm saß eine sehr alte, ganz in Schwarz gekleidete Frau; sie schlief und hielt einen Korb mit Eiern auf den Knien. Als der Bus an der nächsten Haltestelle hielt, stieg jemand mit Kerzenleuchtern ein.

»Wird die Kirche verlegt?« fragte der Mann mit den Truthähnen. Aber obwohl er stand, wagte er nicht, sich auf einen der mit rotem Samt bezogenen Betstühle zu setzen. Er verhandelte mit dem Mann, der Hühner bei sich hatte. Der Sack mit dem Mais geriet bei jedem Loch in der Straße in Bewegung. Schließlich entstand durch die Reibung ein kleines Loch im Sack, aus dem ein paar Maiskörner rieselten. Die zusammengebundenen Hühner verdrehten die Hälse und begannen, sich zu beschweren. Der Besitzer des Sacks wurde wütend, und da er den Sack nicht zunähen konnte, setzte er sich auf den Boden und hielt die Hand über das Loch.

Auf einer anderen Bank saß eine Engländerin mit einem kleinen mexikanischen Mädchen. Die Frau war Lehrerin. Ihre englischen Kleider waren abgetragen; sie waren gestopft und ausgebessert, doch die Frau

konnte sich offensichtlich nicht dazu durchringen, mexikanische Kleider anzuziehen. Sie trug einen für die Kolonialzeit typischen Hut auf den dünnen, gelblichblonden Haaren. Die Bücher unter ihrem Arm waren völlig vergilbt, brüchig, mit zerfledderten Ecken und Einbänden, die sich bereits auflösten.
An jeder Haltestelle stieg der Busfahrer aus, um Briefe und Botschaften zu überbringen; dafür bekam er jedesmal ein Glas Bier. »Sag Josefa, ihre Tochter hat gestern einen Sohn bekommen. Sie schreibt später. Sie möchte, daß ihr zur Taufe kommt.«
Ein Mann stieg ein. Seine Hose wurde von einer Kordel gehalten; der Strohhut wirkte, als hätten die Kühe die Ränder bis auf die unappetitlichen Schweißflecken abgekaut. Sein Hemd war noch nie gewaschen worden. Der Mann verkaufte Kaktusfeigen.
An der nächsten Haltestelle kam ein Priester auf dem Fahrrad angefahren. Den Talar hatte er mit Schnur am Rahmen festgebunden, damit er nicht in die Speichen geriet. Als er absprang, vergaß er, ihn loszubinden, lief auf den Bus zu und fiel der Länge nach in den weißen Straßenstaub. Aber niemand lachte. Die Leute halfen ihm, die Betstühle und Leuchter aus dem Bus zu laden, und stellten sie an den Straßenrand. Dort luden die Frauen sie sich auf den Kopf und folgten der Staubwolke, die der Priester, der auf dem Fahrrad vorausfuhr, aufwirbelte.
Die Sitze im Bus waren aus hartem Holz. Der Bus

hüpfte und sprang auf der steinigen, unebenen, ausgefahrenen Straße wie ein wildes Pferd. Lillian hatte Mühe, auf ihrem Platz sitzen zu bleiben. Der Stierkämpfer schlief friedlich; er schien nicht derselbe junge Mann zu sein, der vor den Augen vieler tausend Menschen symbolisch vergewaltigt worden war.

Ein kleines, siebenjähriges Mädchen, das Lietta, Edwards ältester Tochter, ähnelte, sprach mit einem Strom silberheller Worte, die wie die Töne einer Marimba klangen, auf den Busfahrer ein. Lillian spürte, wie eine Woge der Zärtlichkeit ihren ganzen Körper überflutete, wenn sie an Lietta dachte, die zwar so tiefgebräunt war wie ein mexikanisches Kind, aber eine Transparenz und Offenheit besaß, die Lillian liebte. In den Kindern sah man das Licht leuchten, als seien sie aus Phosphor. Das transparente Kind. Ihr eigenes Töchterchen war einmal so gewesen. Aber eines Tages verlieren die Kinder diese Transparenz. Wie? Weshalb? Eines Tages verschließen sie ohne ersichtlichen Grund ihre Gedanken, verschleiern ihre Gefühle, und man kann nicht länger in ihren Gesichtern lesen wie zuvor. Das transparente Kind. Welch eine Freude, in offene, unverhüllte Gefühle und Gedanken zu blicken.

Das kleine Mädchen, das zu dem Busfahrer sprach, machte sich nichts daraus, daß er nicht zuhörte. Es besaß so große Augen, daß es schien, als müsse es mehr als alle anderen sehen und mehr über sich enthüllen als die Augen jedes anderen Kindes. Doch schwere Wimpern säumten seine Augen, und das Mädchen blickte auf die Straße.

Auch Lillian mußte einmal transparent gewesen sein. Und wie hatte sich diese dicke Mauer aufgetürmt, diese Gefängnismauer, dieses Schweigen? Man nimmt diesen schweren Verlust nicht wahr, den Verlust des transparenten Kindes, und wird zum Schauspieler, dessen Beruf es ist, das Gesicht so zu manipulieren, daß bei anderen vielleicht die Illusion entsteht, sie könnten in seiner Seele lesen. Die Illusion. Wie hatte ihr der Zorn des Stierkämpfers auf den Stier gefallen. Wie hatte ihr dieser sanfte, zarte junge Mann gefallen, der jetzt schlief, und der so wütend gewesen war, daß er beinahe den Stier bei den Hörnern gepackt hätte ...

Wann setzte die Undurchschaubarkeit ein? Mit dem Mißtrauen, der Angst vor dem Urteil anderer? Der Bus fuhr durch einen Tunnel.

Lietta. Lillian konnte nicht sagen, ob sie versuchte, Lietta zu verstehen oder ihre Kinder oder die Lietta, die sie selbst einmal gewesen war. Sie erinnerte sich, beobachtet zu haben, daß Liettas Näschen sich beinahe unmerklich verzog, wenn sie sich fürchtete, wenn sich zum Beispiel eine der strahlend schönen Frauen ihrem Vater näherte. Der Traum vom transparenten Kind.

Der Bus war wie ein wildes Pferd. Würde es ihr gelingen, sich darauf festzuhalten? In der Dunkelheit

des Tunnels verschwand das Bild von Lietta im blauen Badeanzug, und sie sah sich selbst in diesem Alter: Sie spielte mit anderen Kindern in Mexiko, als ihr Vater dort Brücken und Straßen gebaut hatte. Sie hörte wieder den Pfiff, durch den ihre Mutter sie vom Spielen rief. Ihre Mutter benutzte eine laute Trillerpfeife, die die Kinder hörten, wohin sie auch gingen. Ihr Spielplatz war eine Stadt unter der Stadt. Man hatte sie teilweise ausgegraben, um nach amerikanischem Vorbild eine U-Bahn zu bauen, den Plan aber wieder aufgegeben. Städte aus anderen Jahrhunderten; Städte, die Lava unter sich begraben hatte; Städte unter den Häusern, Gärten und Straßen. Wo sie unter den Straßen verliefen, gab es Roste, durch die das Regenwasser ablief; doch meist fiel nur diffuses Licht durch diese Roste. Die Leute liefen darüber, ohne zu wissen, daß dort unten noch eine Stadt lag. Die Kinder aus der Nachbarschaft hatten Matten, Kerzen, Spielzeug und Tücher hinuntergebracht und lebten dort ein Leben, das wegen seiner Verborgenheit sehr viel intensiver zu sein schien als das Leben über der Erde. Man hatte ihnen allen verboten, dort hinunterzugehen, und sie vor Brunnen, Schächten und unterirdischen Flüssen gewarnt.
Die Kinder blieben stets zusammen und wagten sich nie über die hellen Gänge hinaus. Sie hatten Angst, sich zu verirren.
Lillian konnte den Pfiff ihrer Mutter, der ihr sagte, daß es Zeit war, nach Hause zu gehen, in jedem Win-

kel der unterirdischen Stadt hören. Sie hätte sich nicht vorstellen können, dem Ruf ihrer Mutter einmal nicht zu gehorchen. Aber eines Tages zeigte ihr eine mexikanische Spielkameradin, wie man für eine Fiesta Blumen und Tiere aus Papier ausschneidet. Die zum Vorschein kommenden Figuren versetzten sie in solches Entzücken, daß sie beschloß, dem Ruf der Pfeife nicht zu folgen, als er ertönte. Ihre Brüder und Schwestern gingen. Lillian schnitt weiter Schiffe, Sterne, Laternen, Sonnen und Monde aus. Plötzlich erlosch die Kerze.

Sie zog die Papierstreifen hinter sich her und lief, ihrer Erinnerung vertrauend, auf die Öffnung in der Nähe der Gartenmauer zu. Aber alles war dunkel. Die Erde unter ihren Füßen war weich und trocken. Mutig ging sie weiter, bis sie spürte, daß der Lehm feucht wurde. Sie konnte sich nicht daran erinnern, daß es an den Plätzen, an denen sie spielten, feuchte Erde gab. Sie fürchtete sich, und ihr fielen die Geschichten von den Brunnen, Schächten und Flüssen wieder ein.

Die Vorstellung, daß die Leute genau über ihrem Kopf liefen, vergrößerte ihre Angst. Sie hatte nie darüber nachgedacht, was es genau bedeutete, tot zu sein. Aber in diesem Moment hatte sie das Gefühl, dies sei der Tod. Über ihrem Kopf setzte sich ihre Familie zum Abendessen an den Tisch. Sie hörte undeutlich Stimmen, doch die Leute konnten sie nicht hören. Ihre Brüder und Schwestern hatten ge-

schworen, das Geheimnis zu wahren, und würden nicht verraten, wo sie war.
Sie rief durch eine der vergitterten Öffnungen, aber die Straße lag in diesem Augenblick verlassen, und niemand antwortete. Sie machte ein paar Schritte vorwärts und spürte, wie ihre Füße einsanken. Sie stolperte über ein Stück Holz. Damit schlug sie gegen die Decke und rief immer wieder um Hilfe. Lehm löste sich und fiel auf sie. Da setzte sie sich auf den Boden und weinte.
Gerade als in ihr das Gefühl aufstieg, sie würde sterben, erschien ihre Mutter, gefolgt von ihren Brüdern und Schwestern mit einer Kerze.

(Wenn du der Pfeife der Pflicht und des Gehorsams nicht folgst, riskierst du, allein in den vergessenen Städten der Vergangenheit zu sterben. Wenn du dich der Freude überläßt, rosa, blaue, weiße Tiere und Türme, Schiffe und Sterne zu schaffen, beschwörst du Einsamkeit und Unheil herauf.
Wenn du dich dafür entscheidest, in einem Reich fern von den Augen der Eltern zu spielen, beschwörst du den Tod.)

Für manche Menschen war Golconda die Stadt der Freude, und man würde bestraft werden, wenn man sie besuchte oder liebte. Begann damit der Aberglaube der Abenteurer, das Geheimnis ihres Untergangs im Exil?
Ihr Vater lächelte niemals. Er hatte so viele dunkle

Haare, selbst auf seinen Fingern. Er trank und geriet leicht in Zorn, besonders über die Mexikaner. Die Tropen und die Genußfreude betrachtete er als seine persönlichen Feinde. Sie störten ihn beim Bau von Straßen und Brücken. Straßen und Brücken spielten die wichtigste Rolle in seinem Leben.

Auch Lillians Mutter lächelte nicht. Ihr Elternhaus war das Haus ohne Lächeln, denn ihr Vater betrachtete den Bau von Straßen und Brücken als eine ernste Sache, die die Mexikaner nicht wichtig genug nahmen, und ihre Mutter lächelte nicht, weil ihre Kinder als »Wilde« aufwuchsen. Sie lernten nichts als zu singen, zu tanzen, sich die Gesichter zu bemalen, eigenes Spielzeug zu erfinden, wie die mexikanischen Kinder es taten, sich mit streunenden Eseln und Ziegen anzufreunden und zu lächeln. Wenn die mexikanischen Kinder so lächelten, spürte Lillian, daß sie alles von sich hineinlegten, was sie besaßen, daß sie alles in das eine Lächeln legten. Bei ihr zu Hause wurde so viel von »Ökonomie« gesprochen, daß es vielleicht auch eine Ökonomie des Lächelns gab! Mußte man mit dem Lächeln sparsam umgehen? Durfte man immer nur ein kurzes verstohlenes Lächeln, die Andeutung eines Lächelns schenken? Lebten die mexikanischen Kinder zu sorglos in der Gegenwart, ohne einen Gedanken an die Zukunft zu verschwenden, und würde dieses strahlende Lächeln vergehen?

Ein Wirbelsturm riß eine der Brücken davon, die Lillians Vater gebaut hatte. Er betrachtete das als eine persönliche Beleidigung, als brüste sich die Natur mit seinem Arbeitseifer. Eine Überschwemmung unterspülte eine Straße. Auch das war für ihn ein persönlicher Affront aus dem Reich der Natur. Kehrten sie deshalb nach Hause zurück? Oder lag es an den Schießereien in den Straßen, an den kleinen Revolutionen, zu denen es hin und wieder kam?

Lillian spielte einmal bei einem Schulkonzert Klavier, als plötzlich im Saal ein Schuß fiel. Er galt dem Präsidenten, doch er traf nur die Lampe, und das Licht ging aus. Die Leute versuchten schreiend, den Saal zu verlassen, aber Lillian spielte seelenruhig das Musikstück zu Ende. Wäre sie sehr viel anders geworden, wenn sie in Mexiko geblieben wäre?

Lebte jeder wie sie in zwei Städten gleichzeitig: in einer Stadt über der Erde, in der Sonne von Golconda, und in einer unterirdischen? Wurde jeder hin und wieder in ein Kind zurückverwandelt?

Es muß doch jemanden geben, mit dem man einen Dialog führen konnte, der genau den Gedanken folgte, die einem durch den Kopf gehen.

An einem bestimmten Punkt begannen die Menschen, sich zu verschleiern. Das Schlüsselwort war »transparent«. Lietta war transparent. Das Kind, das mit dem Busfahrer sprach, war transparent. Der Busfahrer hörte nicht zu, doch das Kind war bereit, transparent zu sein, offen.

Der Bus hielt an einem breiten Fluß hinter San Luis. Er mußte auf die Fähre warten. Die Fähre war ein Floß aus zusammengebundenen Baumstämmen. Zwei Männer stakten sie mit langen Bambusstökken. Die Fähre befand sich auf halbem Weg mitten im Fluß.
Eine alte, schwarzgekleidete Frau verkaufte an ihrem Stand Obstsäfte und Coca-Cola. Der Stierkämpfer sprang als erster aus dem Bus.
»Willst du deine Familie besuchen, Miguelito?«
»Ja«, erwiderte er mißmutig. Er wollte nicht reden.
»Was ist los, Miguelito? Meistens bist du mit der Zunge so schnell wie mit deinem Degen!«
Auch er reiste gleichzeitig in zwei Städten. Stand er immer noch in der Arena? War er immer noch wütend auf den Stier? Machte er sich Gedanken über den Preis eines neuen Anzugs?
Das Floß näherte sich dem Ufer, und auf dem Floß stand Hatchers Jeep.
Als Hatcher Lillian sah, lächelte er. »Wollten Sie mich besuchen? Ich hätte Sie doch abgeholt.«
»Ich wollte nun einmal mit dem Bus fahren.«
»Ich hole hier nur ein paar Flaschen Wasser und fahre dann gleich wieder zurück. Wo ist Ihre Tasche?«
»Ich habe keine dabei. Ich habe nur das Wochenende frei und bin aus einem Impuls heraus in den Bus gestiegen.«
»Meine Frau wird sich freuen, Sie kennenzulernen. Sie fühlt sich manchmal einsam dort oben.«

Die Wasserflaschen wurden in den Jeep gestellt. Dann rollten Jeep und Bus auf das Floß.
Auch auf Hatchers Fingern wuchsen Haare wie bei ihrem Vater. Wie ihr Vater kommandierte auch er ständig: Das Floß wurde zu seinem Floß, die Männer zu seinen Männern, für die Fahrt übernahm er die Verantwortung. Er wollte sogar die Route der Überfahrt ändern, eine Route, an der sich seit vielen hundert Jahren nichts geändert hatte. Auch er lächelte nur ein Vierteltonlächeln, als habe er keine Zeit zu strahlen, es auszudehnen.
Lillian bedauerte bereits, mitgekommen zu sein. Dies war keine Reise in ihrer Sonnenbarke; es war eine Nachtreise in die Vergangenheit, und der Faden, der sie gezogen hatte, war aus zufälligen Ähnlichkeiten, Vertrautheiten und der Vergangenheit gesponnen.
Es war ihr nicht gelungen, drei Monate lang ein neues Leben in einer neuen Stadt zu leben, ohne sich in einer Nabelschnur zu verfangen und zu ihrer Vaterfigur zurückgebracht zu werden. Hatcher war ein Echo der Vergangenheit.
Sie fuhren vom Floß und begannen die Reise durch den Dschungel auf einer unbefestigten Straße, die gerade breit genug für das Auto war. Kakteen und Bananenblätter streiften ihre Gesichter. Tief im Dschungel und scheinbar weit von jedem Dorf entfernt, stießen sie auf einen jungen Mann, der auf sie wartete. Er hatte eine kleine schwere Tasche bei

sich, die wie das Köfferchen eines Arztes aussah, und trug eine Sonnenbrille.

»Ich bin Doktor Palas«, stellte er sich vor. »Können Sie mich mitnehmen?«

Er setzte sich zu Lillian und erzählte: »Ich komme von einer Entbindung. Ich wohne in Kulacan.«

Er hatte einen französischen Roman bei sich; ein Buch wie Doktor Hernandez es in seinem Alter vermutlich bei sich getragen hatte. Langweilte ihn seine Arbeit? Verrichtete er sie gleichgültig, oder widmete er sich bereits mit großer Hingabe seinen armen Patienten? Lillian wollte ihn danach fragen. Er schien ihre Frage vorauszuahnen, denn er sagte: »Ich habe heute Nacht kaum geschlafen. Gegen Mitternacht erschien ein Arbeiter mit einem Holzsplitter im Auge. Ich versuchte, ihn wieder wegzuschicken und hoffte, er hätte nicht die Geduld zu warten, denn ich konnte einfach nicht aufwachen. Aber er blieb auf meiner Veranda, bis ich schließlich aufstehen mußte. Selbst im Schlaf hörte ich ihn rufen. Sie rufen mich, wie Kinder ihre Mutter rufen. Und das muß ich ein ganzes Jahr lang aushalten!«

Zwischen den Bäumen tauchte hin und wieder die Gestalt eines Arbeiters mit einer Machete auf: weiße Hose, nackter Oberkörper, Sandalen und ein Strohhut. Die Männer beugten sich über die gefällten Bäume. Wenn sie den Wagen hörten, richteten sie sich auf und beobachteten mit finsteren Blicken, wie sie vorbeifuhren.

Einer dieser Männer bedeutete Hatcher anzuhalten. Lillian fiel auf, daß Hatchers Spannung wuchs. Man schob ein verängstigtes Kind auf den Weg.
»Können Sie ihn mitnehmen? Er ist zu klein, um den ganzen Weg zu laufen.«
»Steig über die Flaschen«, sagte Hatcher, doch der kleine Junge hatte zu große Angst. Er klammerte sich an den Ersatzreifen an der Rückseite, und als der Jeep vor einer tiefen Schlucht langsamer fuhr, sprang der Junge ab und verschwand zwischen den Bäumen.
»Hier wohne ich«, sagte Hatcher, bog links ab und fuhr einen Hügel hinauf. Auf der flachen Kuppe hatte er ein Dach auf Pfählen errichtet mit einer einzigen Mauer an der Rückseite. Gekocht wurde unter freiem Himmel. Eine Mexikanerin beugte sich über die Wäsche und kam erst herbei, als er sie rief. Sie war klein und dick und hatte ein trauriges Gesicht, doch sie schenkte Hatcher einen zärtlichen Blick und ein strahlendes, warmes Lächeln. Die Besucher begrüßte sie nur mit sichtbar bemühter Höflichkeit.
»Sie müssen entschuldigen, unser Haus ist noch nicht fertig. Mein Mann arbeitet allein, und er hat viel zu tun.«
»Bring uns Kaffee, Maria«, sagte Hatcher. Sie setzten sich an einen Tisch auf der Terrasse, und die Frau ging davon. Unter ihnen lag eine unglaubliche Fläche weißen Sandes; blendend weiße Gischt besprüh-

te eine gigantische, wuchernde Vegetation, die sich bis an den Sand heranschob. Die Vögel sangen jubilierend, und die Affen ließen ihre lustigen, clownesken Schreie in den Bäumen erschallen. Die Farben schienen hier reiner zu sein, und der Platz wirkte, als sei er noch nicht von Menschen bewohnt.
Maria brachte Kaffee in einer Thermoskanne. Hatcher tätschelte ihr die Schulter und blickte sie dankbar an.
»Sie ist die wunderbarste Frau der Welt«, sagte er.
»Und er ist ein wunderbarer Mann«, sagte Maria. »Mexikaner erzählen niemandem, daß sie verheiratet sind. Wenn Harry nach Golconda fährt, erzählt er allen von seiner Frau.«
Während Hatcher sich mit dem jungen Arzt unterhielt, wendete sie sich an Lillian und sagte mit leiser Stimme: »Ich begreife nicht, warum er mich liebt. Ich bin klein und dick. Er war einmal mit jemandem wie Sie verheiratet. Sie war groß und hatte lange, spitze, lackierte Fingernägel. Er spricht nie von ihr. Anfangs habe ich für ihn gearbeitet. Ich war seine Sekretärin. Wir werden hier ein schönes Haus bauen. Das ist erst der Anfang.«
Hinter der Mauer an der Rückseite befand sich ihr Schlafzimmer. Lillian konnte sie sich zusammen vorstellen. Sicher legte er den Kopf auf die Brust seiner Frau. Maria war fügsam, passiv und ihm völlig ergeben.
Lillian fragte sich, ob Hatcher wirklich glücklich

war. Er schien allzuviel Wert darauf zu legen, sein Glück zu beteuern. Er war nicht gelassen oder in der Lage, die Dinge ruhig zu betrachten. Er zählte die Schönheiten des Ortes auf, ja er beschwor sie. Wenn er von Amerika sprach, tauchte ein bitterer Zug um seinen Mund auf. Er vermißte nichts. Amerikanerinnen ... Er brach ab, als sei ihm zum ersten Mal bewußt, daß Lillian Amerikanerin war. Sein Blick fiel auf Lillians Fingernägel. »Ich hasse lackierte Nägel«, erklärte er. Bis zu diesem Moment war er freundlich gewesen. Irgend etwas, der Schatten einer Ähnlichkeit, eine Erinnerung versetzte ihn einen Augenblick lang in die Stadt unter der Stadt, in die unterirdischen Kammern der Vergangenheit. Doch er kehrte sofort wieder in die Gegenwart zurück und beschrieb die viele Arbeit, die auf ihn wartete.
»Wie Sie sehen, ist hier alles noch sehr primitiv.«
Sie stellten auf der Terrasse Feldbetten auf, eins neben das andere, wie in einem Militärlager, durch Wandschirme voneinander abgetrennt.
»Ich hoffe, es macht Ihnen nichts aus, im Freien zu schlafen.«
Der mexikanische Arzt verabschiedete sich: »Ich werde morgen mit Freunden zurückfahren, die ein paar Tage in Golconda verbringen wollen. Wenn Sie möchten, holen wir Sie ab und nehmen Sie mit.«
Lillian wollte zum Strand hinuntergehen. Sie ließ die Hatchers zurück, die über das Abendessen berieten, und folgte einem schmalen Pfad den Hügel hinun-

ter. Blüten wendeten ihr offene, violett-rote, samtige Gesichter zu, die so beredt wirkten, als würden sie im nächsten Moment anfangen zu sprechen. Der Sand schien nicht Sand zu sein, sondern pulverisiertes Glas, in dem sich das Licht spiegelte. Die Gischt und der Schaum der Wellen waren von unvergleichlichem Weiß. Das Meer hüllte sie in seine Falten ein, berührte ihre Beine, ihre Hüften, ihre Brüste – das Wasser war ein Bildhauer; sie spürte die warmen Hände des Meeres überall auf ihrem Körper.

Sie schloß die Augen.

Als sie aus dem Wasser stieg und sich wieder anzog, fühlte sie sich wiedergeboren, neu geboren. Sie hatte die Augen der Erinnerung geschlossen. Sie hatte das Gefühl, eine der roten Blüten zu sein. Sie glaubte, sie würde nur noch mit ihrer samtigen Haut sprechen, mit den feinen Härchen im Innern; sie würde offenbleiben und nie wieder Kontraktionen erleben.

Sie dachte an das einfache Leben: kochen über dem Holzfeuer, jeden Tag schwimmen, schlafen auf einem Feldbett im Freien ohne Laken und nur mit einer mexikanischen Wolldecke, Sandalen und die Freiheit des Körpers in leichten Kleidern, Haare, die vom Meer gewaschen und von der Luft gelockt wurden, unlackierte Nägel ...

Als sie zurückkam, hatte Maria den Tisch gedeckt. Das Licht kam von schwachen Birnen, die an einem Kabel hingen. Man konnte den Generator hören. In den Bäumen schwirrten unzählige Leuchtkäfer, zirpten Zikaden, und in der Luft hingen schwere Düfte.

»Wenn Sie das Salz abwaschen wollen... gleich links unten ist ein Bach und ein natürlicher Teich. Nehmen Sie sich eine Kerze mit.«

»Nein, ich mag das Salz auf der Haut.«

Auf dem Tisch standen Schüsseln mit schwarzen Bohnen, Reis und Tamale. In der Thermoskanne gab es wieder Kaffee. Nach dem Abendessen wollte Hatcher Lillian das halbfertige Haus zeigen. Sie sah das Schlafzimmer mit den weiß getünchten Wänden und den geblümten Vorhängen und hinter der Mauer einen riesigen Lagerraum.

»Er ist sehr stolz auf sein Vorratslager«, sagte Maria.

Es war riesig und so groß wie der vordere Teil des Hauses, so groß wie ein Supermarkt und mit Regalen, die bis zur Decke reichten. Alles war organisiert, alphabetisiert und katalogisiert.

Es gab alle erdenklichen Sorten von Konserven, jede Art von Medizin, alle Arten von Kleidung, Brillen, Arbeitshandschuhen, Werkzeug, Zeitschriften, Büchern, Jagdgewehren, Angelzeug.

»Möchten Sie kalifornische Pfirsiche? Spargel? Chinin?«

Er blähte sich vor Stolz: »Zeitschriften? Zeitungen gefällig?«

Lillian entdeckte an einem Haken an der Stirnseite des Regals zwei Krücken. Seine Augen folgten ihrem Blick, und er sagte ohne jede Verlegenheit:

»Für den Fall, daß ich mir ein Bein breche.«
Lillian wußte nicht, weshalb sie das alles so deprimierte. Plötzlich fühlte sie sich schrecklich müde. Maria schien dankbar zu sein, mit ihrem Mann allein gelassen zu werden. Die beiden zogen sich in ihr Schlafzimmer zurück, und Lillian saß auf dem Feldbett am vorderen Rand der Terrasse und zog sich hinter einem Wandschirm aus.
Sie hatte sich Hatcher als einen freien Mann vorgestellt. Das war es, was sie so deprimierte. Wochenlang hatte sie ihn als einen Menschen bewundert, der Unabhängigkeit erreicht hatte, der wie die Einheimischen ein schlichtes Dasein ohne große Bedürfnisse führen konnte. Doch er hatte sich noch nicht einmal von seiner Vergangenheit befreit, von seiner anderen Frau. Marias Güte, ihre Wärme, ihre Unterwürfigkeit dienten nur dazu, den Kontrast zwischen ihr und der *anderen* zu betonen. Lillian hatte gespürt, daß er Vergleiche zwischen ihr und seiner mexikanischen Frau anstellte. Die *andere* lebte noch immer in seinen Gedanken. Vielleicht hatte er Lillian deshalb am ersten Tag im Taxi eingeladen ...
Sie konnte nicht einschlafen, nachdem sie die Nabelschnur gesehen hatte, die Hatcher mit dem fürsorglichen Schutz seiner Heimat verband. (Nur Amerika konnte Krücken liefern, wenn man sich ein Bein brach, konnte einen von der Malaria heilen; Amerika, die Mutter, Amerika, der Vater, waren in Dosen und Flaschen in sein Vorratslager geholt worden.)

Es war ihm nicht gelungen, hier nackt, ohne Besitztümer, ohne Vorräte, mit seiner Frau, den frischen Früchten und Gemüsen, die es im Überfluß gab, der Ziegenmilch und der Jagd zu leben.
Schließe die Augen der Erinnerung ... aber war sie frei? Hatchers Nabelschnur hatte bewirkt, daß ihre eigenen Wurzeln sich rührten. Ihre Ängste hatten diese Schnittpunkte der Erinnerung erhellt, die wie zweimal belichtete Fotos waren, wie jene mißlungene Aufnahme des Mayatempels, auf der aus Versehen, durch das Versäumnis, einen kleinen Hebel zu bewegen, auch Lillian abgelichtet war, sowohl stehend als auch liegend. Ihr Kopf schien im Maul einer riesigen steinernen Königsschlange zu liegen, und es wirkte, als führten die Treppen der Pyramide über ihren Körper. Sie schien ihr eigener Geist zu sein, der durch den Stein schwebte.
Je weiter sie sich an unbekannte, unvertraute Orte vorwagte, desto deutlicher sah sie in sich eine Landkarte, die nur die Städte des Innern verzeichnete.
Dieser Ort hier mit seiner Kolonnade aus Palmstämmen, deren Rückwand vor dem Felsen stand, und mit dem Wellblechdach, auf dem die Affen spielten, ähnelte keinem anderen, den sie kannte. Die Kakteen nahmen nachts die Gestalten arthritischer alter Männer an; sie wurden zu bärtigen Vogelscheuchen der Tropen; die Palmen bewegten sich im Rhythmus von Fächern in der Hitze und Hängematten im Schatten.

Gab es keine Straße, die einfach, klar und eindeutig offen vor ihr lag? Würden alle ihre Straßen mehrere Welten gleichzeitig durchqueren und gesäumt sein von den flüchtigen Schatten anderer Straßen, anderer Berge? In der Gegenwart konnte sie nicht an einem kleinen Dorf vorüberfahren, ohne gleichzeitig an einem anderen kleinen Dorf in einem anderen Land vorbeizufahren, ja sogar dem Dorf in einem Land, das sie zwar einmal hatte besuchen wollen, wo sie aber nie gewesen war.
Lillian sah die Doppelbelichtung, die das Werk der Erinnerung war. Ein See, den sie einmal in Italien gesehen hatte, verschmolz mit der Lagune, die Golconda umgab; ein Hotel auf einem verschneiten Berg in der Schweiz war durch ein langes, nicht abreißendes Seil mit Hatchers halbfertigem Haus auf dem Hügel verbunden; und dieses Feldbett hinter einem mexikanischen Wandschirm stand mit hundert anderen Betten in hundert Zimmern in einer Reihe, in New York, Paris, Florenz, San Francisco, New Orleans, Bombay, Tanger, San Luis.
Die Landkarte von Mexiko lag offen auf ihren Knien, doch sie konnte die dicke Linie nicht finden, die ihre Reisen markierte. Sie verzweigte sich in zwei, vier, sechs, acht Stränge.
Lillian eilte im selben Rhythmus auf mehreren staubigen Straßen vorwärts: als Kind mit den Eltern, als Ehefrau, die ihren Mann chauffierte, als Mutter, die ihre Kinder zur Schule brachte, als Pianistin, die

durch die Welt reiste – und alle diese Straßen kreuzten sich geräuschlos, und es entstand dabei kein Schaden.
Sie pendelte zwischen der Droge des Vergessens und der Droge des Bewußtseins hin und her und schloß die Augen. Sie schloß die Augen der Erinnerung.

Beim Erwachen sah sie als erstes einen Casuarinabaum mit orangenen Blüten, die wie Flammenzungen aussahen. Zwischen den Zweigen stieg eine dünne Rauchfahne von Marias *brasero* auf. Maria formte mit rhythmischem Klatschen Tortillas zwischen den Händen, während sie gleichzeitig original amerikanische Pfannkuchen auf dem Feuer hatte. Sie sagte: »Senorita, ich habe Tortillas *à la Americana* für Sie.«
Der Tisch stand in der Sonne und war mit Woolworth-Geschirr, einer Wachstuchdecke und Papierservietten gedeckt.
Der junge Arzt und seine Freunde hatten sich bereits eingefunden, um Lillian mit nach Golconda zu nehmen.
Maria betrachtete Lillian nachdenklich. Sie versuchte sich vorzustellen, daß eine solche Frau Hatcher so tief verwundet hatte, daß er niemals darüber sprach. Sie versuchte, sich die Wunde vorzustellen. Sie wußte, Hatcher liebte diese Frau nicht mehr. Doch sie

wußte auch, daß er sie immer noch haßte, und daß sie in seinen Gedanken immer noch gegenwärtig war.
Lillian wollte mit ihr sprechen, ihr helfen, die Amerikanerin mit den lackierten Fingernägeln zu vertreiben. Doch Hatcher würde einsam sein ohne seine Erinnerungen, ohne seinen Dosenspargel und seine amerikanischen Krücken. Liebte er Maria wirklich? Maria mit ihren glatten, glänzenden, schwarzen Haaren, ihrem mütterlichen Körper und den mitfühlenden Augen ... oder liebte er sie, weil sie nicht seine erste Frau war?
Er betrachtete Lillian hart und kalt. Weil sie nicht bleiben wollte? Konnte sie ihm erklären, daß sie die Nacht in den unterirdischen Städten der Erinnerungen verbracht hatte und nicht unter freiem Himmel, im betäubenden Duft der besänftigenden Tropen?
Doktor Palas war in der Nacht zu Patienten gerufen worden und hatte schlechte Laune. Seine Freunde beschwerten sich über den mangelnden Komfort im neuen Strandhotel. »Der große, dunkle Fleck im Bett ließ an ein Verbrechen denken.« »Im Moskitonetz war ein Loch, und wir sind von Moskitos gestochen worden.« »Morgens mußten wir uns mit Wasser aus einem Eimer waschen.« »Wir haben den Kindern ein paar Münzen geschenkt. Sie waren so gierig, daß sie uns die Hände zerkratzten. Und zu essen gab es nur schwarze Bohnen, selbst zum Frühstück.«
»Eines Tages«, sagte Hatcher, »wenn mein Haus fer-

tig ist, wird es alle anziehen. Ich bin sicher, daß die Filmleute kommen werden.«

»Ich dachte, Sie seien hierher gekommen, um in der Einsamkeit zu leben. Ich dachte, Sie suchen das natürliche, das einfache Leben.«

»Nicht zum ersten Mal hat ein Mensch zwei Wünsche, die sich völlig widersprechen«, sagte Doktor Palas.

Während sie in der glühenden Sonne zurückfuhren, sprach niemand im Wagen. Das Licht füllte die Augen, den Kopf, die Nerven, die Knochen, und nur wenn sie im Schatten fuhren, erwachten sie aus der Betäubung durch das Sonnenlicht. Im Schatten sahen sie Frauen, die ihre Kleider im Fluß wuschen, schwimmende nackte Kinder, alte Männer, die auf Zäunen saßen, und jüngere Männer hinter dem Pflug oder auf Karren mit riesigen Rädern, die von weißen Zeburindern gezogen wurden. In den Augen der Mexikaner gab es keine Frage, kein Forschen, nur Resignation, Passivität, Geduld und Ausharren – außer, wenn einer von ihnen Amok lief.

Manchmal fühlte Lillian wie sie. Es gab Seinszustände, die der Zeit vor der Erschaffung der Welt ähnelten: ungeformt, ungeplant, ungetrennt. Chaos. Berge, Meer und Erde waren verschwommen und nebelhaft miteinander verschmolzen: Bewußtseinszustände und Gefühle, die sich auf keinem geistigen Röntgenbild abzeichneten. Sie waren für Verstandesmenschen unzugänglich, unsichtbar und undurchdringlich. Lillian lebte und verirrte sich dort. In jedem Augenblick der Angst und des Forschens glitt sie ins Meer, um neu geboren zu werden. Ihr Körper wurde ihr wiedergeschenkt. Sie empfand ihr Gesicht als ein Gesicht – fleischlich, von der Sonne gebräunt und warm. Sie empfand es nicht als Maske, die einen Strom von Gedanken verbarg. Ihr Hals wurde ihr als fester, lebender, pulsierender, warmer Hals zurückgegeben und nicht als Stütze eines Kopfes, den Fieber und Fragen beschwerten. Ihr ganzer Körper wurde erneuert; die Brüste waren entspannt und nicht länger von Gefühlen eingeschnürt. Die Beine waren wieder glatt und glänzend. Alles war kühl, glatt und reingewaschen von Gedanken.

Mit diesen Menschen würde sie ins Schweigen zurücksinken, in Meditation und Kontemplation. Wenn sie ihre Kleider im Fluß wusch, würde sie nur das Fließen des Wassers und die Sonne auf dem Rükken spüren. Das Sonnenlicht würde jeden Winkel ihres Gehirns erfüllen und Brechungen von Licht und Farbe hervorrufen, Botschaften an ihre Sinne schicken, die sich in feuchte, glänzende Felder, violette Berge, die Rhythmen des Meeres und der mexikanischen Lieder auflösen würden.

Keine Gedanken tasteten wie die Finger eines Chirurgen hier und dort: Wo sitzt der Schmerz? Wo ist der Ausgangspunkt der Zerstörung? Welche Zelle ist geplatzt? Wo ist der zerbrochene Spiegel, der das Bild des menschlichen Lebens verzerrt?

Das Chaos war reich, zerstörerisch und beschützend wie der dichte Dschungel, den sie durchquert hatten. Konnte sie zu den dämmrigen Sümpfen einer rein natürlichen, sprachlosen, spontanen Welt zurückkehren und sich dort vor Nachforschungen und Bloßstellungen sicher fühlen?

Aber in diesen Dschungel war ihr ein Augenpaar gefolgt – nicht ihr eigenes – und hatte sie gefunden: die Augen ihrer Mutter. Sie hatte die Welt zuerst durch die Augen ihrer Mutter gesehen. Sie hatte sich selbst durch die Augen der Mutter gesehen. Kinder waren wie kleine Katzen. Zuerst sehen sie nichts; sie sehen sich nur widergespiegelt in den Augen der Eltern. Lillian, durch die Augen ihrer Mutter gesehen.

Ihre Mutter war eine große Dame. Sie war makellos gekleidet und zog immer Handschuhe an. Ihr ordentlich frisiertes Haar konnte der Wind nicht durcheinanderbringen. Sie trug Schleier und benutzte Parfum. Lillians stürmische Beweise der Zuneigung wurden stets abgewehrt, weil sie diese ordentliche Erscheinung bedrohten. »Du zerknitterst mein Kleid!« »Du zerreißt mir noch den Schleier!« »Bring meine Frisur nicht durcheinander!« Und als Lillian einmal ihr Gesicht in den Falten ihres Kleides vergraben und ausgerufen hatte: »O Mutter! Wie gut du riechst!« hatte sie sogar gesagt: »Benimm dich nicht wie eine Wilde!« Wenn das eine Frau ist, dachte Lillian damals, will ich keine Frau werden. Lillian war ungestüm, aber diese Barriere hatte sie in

den Exzeß getrieben, in eine Übersteigerung ihrer Unbändigkeit.
Sie warf ihre Kleider unordentlich in die Ecken, beschmutzte und zerknitterte sie. Ihre Haare waren nie ordentlich gekämmt. Und sie spürte, daß dies der Grund für das kühle Verhalten ihrer Mutter war. Lillian wollte diese Kälte nicht. Sie wollte lieber chaotisch sein, stottern, ungestüm, aber herzlich sein. Wenn sie ungehorsam war, wenn sie Amok lief, glaubte sie, ihre Wärme und Natürlichkeit aus den konventionellen Händen der Mutter zu retten. Gleichzeitig war sie verzweifelt, denn weil sie so war, wie sie war, und unfähig, wie SIE zu sein, würde niemand sie jemals lieben. Sie wendete sich leidenschaftlich der Musik zu. Aber ihre Wildheit und der Mangel an Disziplin beeinträchtigten ihr Spiel. Auch in der Musik gab es eine höhere Ordnung der Erfahrung. Ja, sie wußte, sie war undiszipliniert und eigensinnig. Erst heute, als sie durch Mexiko reiste – ein Land voll Wärme und Natürlichkeit – und dabei in Augen blickte, die nicht kritisierten, erkannte sie, daß sie ihre eigenen Augen noch nie dazu benutzt hatte, sich selbst zu sehen.
Ihre Mutter war eine sehr große Frau mit kritischen Augen. Sie hatte wie Lillian Augen von einer vitalen, elektrisierenden Bläue. Lillian wollte in ihnen alles finden. Sie waren ihr Spiegel. Sie glaubte, deutlich in ihnen lesen zu können, und was sie sah, bereitete ihr Unbehagen. Es fielen niemals Worte. Es gab nur ihre

Augen. Hatte ihre Unzufriedenheit andere Gründe? Sie benutzte die Augen, um Lillian davon abzuhalten, sich ihr zu nähern. Sie gab ihr damit eine Art Signal. Erst sehr viel später hatte die Mutter ihr gesagt, daß sie Lillian für ein ungeschicktes, ungestümes, chaotisches und impulsives Kind gehalten hatte. Ihre Überschwenglichkeit machte ihr Sorgen, weil sie glaubte, sie nicht richtig erziehen zu können. Das waren die Worte ihrer Mutter gewesen.
Lillian hatte sich nie mit ihren eigenen Augen betrachtet. Kinder haben keine eigenen Augen. Man bewahrte wie auf einer zarten Netzhaut das Bild der Mutter von einem selbst als das erste und einzig authentische; es war ihr Urteil über das eigene Tun.
Sie waren an einem schattigen Platz am Fluß angekommen. Sie mußten warten, bis die Fähre sie an das andere Ufer brachte. Sie stiegen aus und setzten sich ins Gras. Eine Frau hängte gerade ihre Wäsche an die Zweige eines niedrigen Baums; das Blau, Orange und Rosa wirkte wie riesige, im tropischen Regen verwelkte Blüten.
Eine andere Frau kam mit einem Korb auf dem Kopf. Mit ruhigen, bedächtigen Bewegungen stellte sie ihn auf den Boden, und sie sahen darin, ordentlich aufeinandergeschichtet, kleine, gebackene Fische.
»Haben Sie Bier?« fragte Doktor Palas.
Die Häuser am Fluß hatten keine Wände. Sie bestanden aus vier Palmstämmen, über denen ein Dach aus Palmblättern lag. Eine Frau schaukelte mit mo-

notonen Bewegungen eine kleine Hängematte mit einem schlafenden Säugling. Nackte Kinder spielten im Staub und am Flußufer.

Die Freunde von Doktor Palas bemerkten als erste, daß der Kühler leckte. Sie würden Golconda nie erreichen. Mit etwas Glück würden sie es bis San Luis auf der anderen Seite des Flusses schaffen.

Lillian dachte daran, daß Diana, Weihnachten und ihre anderen Freunde sich um diese Zeit zu einer bunten Safari an den Strand aufmachten.

Die Fähre trieb langsam und träge ans Ufer. Die Männer, die sie gestakt hatten, wischten sich den Schweiß von den Schultern. In ihren dunklen, rotbraunen Rehaugen entdeckte man immer Goldflekken. Sie kamen entweder von der Sonne oder von einer verborgenen indianischen Ironie. Katastrophen brachten sie immer zum Lachen. War dies eine Religion, die Lillian nicht kannte? Ein Hund, der am Strand einmal beinahe ertrunken wäre, brachte sie zum Lachen. Das Leck im Kühler und die gestrandeten Touristen brachten sie zum Lachen. Und heute war Silvester. Sie würden das Feuerwerk und die Straßentänze in Golconda versäumen ...

San Luis war ein Dorf mit unbefestigten Straßen und Hütten, in denen Schweine scharenweise die Abfälle nach Futter durchwühlten und Kinder scharenweise den Fremden folgten und sie anbettelten. Es gab nur einen einzigen Platz. Dort stand eine Kirche mit goldenen und blauen Mosaiken. Dort gab es ein Café, ein Lebensmittelgeschäft und eine Autowerkstatt. Sie brachten den Wagen dorthin, und Doktor Palas übersetzte. Lillian verstand die langatmige Beratung. Sie bestand von seiten der Indios darin, eine direkte Antwort auf eine einfache Frage zu vermeiden. »Wann ist das Auto repariert?« Die Indios reagierten so zurückhaltend, als würden sie mit einer direkten Antwort einen verhängnisvollen Fluch, eine abergläubisch befürchtete Strafe auf sich ziehen. Es war ihnen unmöglich, eine genaue Auskunft zu geben. Vielleicht würden sich die Touristen ins Café setzen und dort warten.

Es war vier Uhr nachmittags. Sie saßen bis sechs Uhr im Café. Doktor Palas ging mehrmals zu der Autowerkstatt, und dazwischen versuchte er mit Lillian ein intimes Gespräch auf Spanisch zu führen, das seine amerikanischen Freunde nicht verstanden. Ohne die Richtung von Lillians Gedankengängen zu kennen, die mit Augen beschäftigt waren, mit den Augen ihrer Mutter, mit denen sie sich selbst gesehen hatte, machte er ihr Komplimente über ihre Augen und ihr Haar ... über ihre Augen, die nicht ihre Augen waren, wenn sie sich selbst sah. Aber wenn sie den Blick auf andere richtete, sah sie sie mit Liebe und Mitgefühl an. Sie sah sie wirklich. Sie sah das amerikanische Paar, das sich unbehaglich fühlte und diese Mischung aus Schmutz und Fröhlichkeit nicht verstand. Die Kinder vergnügten sich damit, die Schweine zu vertreiben und ihr Quieken zu imitieren.

Sie sah den jungen Doktor Palas, der mit den armen Mexikanern noch nicht die menschliche Verbundenheit empfand wie Doktor Hernandez.
»Gehen Sie heute abend mit mir tanzen?«
»Wenn wir Golconda erreichen«, erwiderte Lillian lachend. »Ich hoffe, der ungarische Geiger wird die Leute in Schwung bringen, damit sie meine Abwesenheit nicht bemerken.«
Um sieben Uhr breitete sich auf den Straßen Stille aus, und es begann dunkel zu werden. Der Besitzer des Cafés war ein hellhäutiger Spanier mit dem Benehmen eines Höflings. Er bemühte sich, ihnen die Zeit zu vertreiben. Er hatte nach einem Gitarrenspieler und einem Sänger geschickt und ihnen ein Abendessen zubereitet.
Als sich schließlich alle darüber im klaren waren, daß sie an diesem Abend nicht mehr weiterfahren würden, daß der Wagen eher noch reparaturbedürftiger als vorher aussah, kam er an ihren Tisch und redete eindringlich auf sie ein.
»San Luis wirkt jetzt ruhig. Aber das liegt nur daran, daß sich die Leute für Silvester umziehen. Bald werden sie alle auf der Straße sein. Sie werden tanzen, und die Männer werden sich betrinken. Ich rate Ihnen, sich von ihnen fernzuhalten. Die Frauen wissen, wann es Zeit ist zu gehen. Sie ziehen sich dann allmählich mit den Kindern zurück. Die Männer trinken weiter, und bald fangen sie an, auf Spiegel, auf Flaschen, auf alles mögliche zu schießen. Manch-

mal schießen sie aufeinander. Ich bitte Sie dringend, *Senores y Senoras,* hier im Haus zu bleiben. Ich habe saubere Zimmer, die ich Ihnen für die Nacht anbieten kann. Bleiben Sie im Haus. Ich rate es Ihnen dringend ...«

Die Zimmer, die er ihnen zeigte, lagen um einen friedlichen Innenhof mit Blumen und einem Springbrunnen. Lillian erwog die Möglichkeit mit dem Arzt auszugehen, um wenigstens eine Weile zu tanzen. Aber die traditionelle Beschützerrolle gegenüber Frauen verbot ihm, das Risiko zu wagen, und er weigerte sich hartnäckig. Um zehn Uhr abends begannen das Feuerwerk, die Musik, das Lärmen und die Streitereien. Sie gingen auf ihre Zimmer. Lillians Zimmer wirkte wie die Zelle einer Nonne: weiß getünchte Wände, ein Feldbett, das unter einem Moskitonetz verschwand. Es gab keine Laken oder Dekken. Die Wände reichten nicht bis zur Decke, damit die Luft zirkulieren konnte, und durch die Lamellentür drangen alle Geräusche aus dem Dorf. Nach dem Feuerwerk ging das Schießen los. Der Cafébesitzer hatte sie nicht umsonst gewarnt.

In solchen Zimmern machte Lillian stets die niederschmetternde Entdeckung, daß sie nicht frei war. Draußen in der Sonne, in Gesellschaft mit anderen, beim Schwimmen oder Tanzen war sie frei. Aber allein befand sie sich immer noch in der unterirdischen Stadt ihrer Kindheit, obwohl sie die Zauberformel kannte: Das Leben ist nur ein Traum. Das Le-

ben ist ein Alptraum. Du kannst daraus erwachen, und wenn du wach bist, weißt du, daß du selbst die Ungeheuer erschaffen hast!
Hätte sie doch nur mit Doktor Palas tanzen, im Trubel der Hochstimmung bleiben können. Könnte sie doch nur mit ihm an einem Tisch sitzen und zulassen, daß seine Hand leicht auf ihrem nackten Arm ruhte! Hätte sie sich doch an einem Karneval der Zuneigung beteiligen können!
Alle hatten sie Orientierungsprobleme. Das amerikanische Paar fürchtete sich vor dem Unvertrauten, Doktor Palas war einsam.
Ich weiß, ja ich weiß: in diesem verzerrten Bild von den wahren Proportionen der Welt liegt das Geheimnis unserer Ängste. Durch unsere Ängste machen wir die Ungetüme größer. Unsere Werke und unsere Lieben verkleinern wir! Unser Blick läßt uns kleiner werden, größer und wieder kleiner werden ... je nach Laune unseres unsteten Blicks, aber nicht entsprechend dem unwandelbaren Gesetz des Wachstums. Die Größe der Welt, in der wir leben, ist individuell und relativ. Die Gegenstände und Menschen verändern sich in jedem AUGE.
Lillian erinnerte sich daran, daß sie ihre Mutter einmal für die größte Frau der Welt gehalten hatte und ihren Vater für den schwersten Mann. Sie erinnerte sich, daß ihre Mutter nie eine Falte im Kleid hatte. Bei ihr tanzte keine Haarlocke aus der Reihe. Sie zog immer Handschuhe an, als sei sie eine berühmte

Chirurgin vor einer Operation. Ihre Erscheinung wirkte antiseptisch, ganz besonders in Mexiko, weil sie sich nicht für das humane Leben dort eignete, für das Hinnehmen von Fehlern, Flecken und Falten. Kinder veränderten die Größe von allem, was sie sahen. Doch das taten die Eltern auch, und für sie blieb ihr Kind immer *klein*.

Lillian fror zu sehr, um einschlafen zu können. Sobald die Sonne untergegangen war, wehte der Wind von den Bergen durch San Luis.

Ich sehe meine Eltern jetzt kleiner. Sie haben eine natürliche Größe angenommen. Mein Vater muß wie Hatcher gewesen sein und sich schrecklich vor einem fremden Land gefürchtet haben, in dessen Abhängigkeit er stand, weil er dort seinen Lebensunterhalt verdiente. Aber wie konnte die Pfeife meiner Mutter durch all die unterirdischen Gänge zu hören gewesen sein? Es muß ein Echo gegeben haben!

Wenn sie diese Pfeife noch immer hören konnte, mußte es Echos der Seele geben. Doch sie war gerade dabei, ihre eigenen Augen wiederzufinden. Mit diesen Augen, mit ihrem eigenen Blick würde sie nach Hause zurückkehren.

Im Innenhof hingen viele Käfige mit Vögeln. Der Lärm der Fiesta hielt auch sie wach. Weshalb sollte ihr wahres Selbst sich zwischen diesen Schatten, dem verstohlenen Lichtschein, diesen hinunterführenden Gängen verstecken? Weshalb sollte es so tief unter die Oberfläche getrieben worden sein! Nun

glich sie den französischen Höhlenforschern, die viele tausend Fuß in die Erde hinabgestiegen waren und dort Höhlen mit eingeritzten Bildern und Malereien gefunden hatten. Lillian trug keine Taschenlampe und keinen Proviant bei sich, nichts außer der Hostie, die jenen geschenkt wird, die an Symbole glauben – eine Hostie anstelle von Brot. Und Lillian konnte nur den Inschriften ihrer Träume folgen: beinahe unleserliche Hieroglyphen auf halb zerstörten Statuen. Nichts wies ihr den Weg in der Dunkelheit als der Schrei aus den Augen einer Statue.
Am nächsten Morgen kehrte sie in das Leben auf der Erdoberfläche zurück. Im Innenhof fand sie einen Waschständer. Das Wasser im Krug stammte aus einer kühlen Quelle. Der Spiegel war zerbrochen und das Handtuch von vielen Leuten benutzt worden. Doch nach der einsamen nächtlichen Reise war Lillian glücklich, ein Gemeinschaftshandtuch benutzen und ihr Gesicht in zwei Teilen sehen zu können, die man wieder zusammenfügen konnte. Hinter ihr lag eine lange Reise, die Reise des Lächelns und der Augen. Für solche Entdeckungen gab es keine Orden. In der Realität hatte diese Reise nur drei Monate gedauert. Nach dem Kalender hatte Lillian dazu nur die Zeit eines Engagements in einem Nachtklub gebraucht. Die unterirdische Reise hatte länger gedauert und sie weiter geführt. Sie würde nach Golconda zurückkehren, um den letzten Becher voll flüssigem Gold, schillerndem Wasser, Son-

ne und Licht zu trinken, um ihre Schätze, ihre geologischen Funde einzupacken – die Statuen, die einmal ausgegraben, so beredt geworden waren.
Sie erreichten Golconda, als die Neujahrsfeiern zu Ende waren. Auf den Straßen lag immer noch das Konfetti. Die Körbe der Straßenhändler waren leer, und daneben schliefen die Männer eingerollt in ihre Ponchos. Der Duft von Malabarblüten und ausgebrannten Feuerwerkskörpern hing in der Luft.
Lillian ging den Hügel hinunter in das Zentrum der Stadt. Sie kam an der alten Frau in Schwarz vorbei, die bunte Fruchtsäfte und weißes Kokosnußkonfekt verkaufte, vorbei an der Kirche, deren Tore weit offenstanden, so daß sie die Sträuße brennender Kerzen und die Frauen sehen konnte, die sich beim Beten die Gesichter fächelten.
Katzen und Hunde gingen ein und aus; die Arbeiter unterbrachen die Arbeit auf den Gerüsten nicht, während die Messe gelesen wurde. Man ließ die Kinder weinen, oder sie wurden an Ort und Stelle gestillt, während sie in den schwarzen Umschlagtüchern lagen, die ihre Mütter wie Hängematten um den Hals trugen.
Lillian ging durch funkelndes Sonnenlicht, das jeden Gedanken auslöschte, nur die Augen wach ließ, und eine Prozession von Bildern zog über ihre Netzhaut, ohne Gedanken, die sie begleitet, ohne Gedanken, die sie gedeutet hätten.
Wenn sie jetzt in ihren flachen Sandalen ging, be-

lastete sie die Fersen mehr und ging wie die Einheimischen, und obwohl sie so viel wie bei ihrer Ankunft wog und ein durchschnittliches Gewicht besaß, fühlte sie sich schwerer und war sich mehr ihres Körpers bewußt. Das Schwimmen, die Sonne, die Luft – alles trug dazu bei, einen festen, elastischen, ausgeglichenen Körper zu formen, frei in seinen Bewegungen.

Sie bereitete sich auf ein Gespräch mit dem Arzt vor, und sie würde so sprechen, wie er es gewünscht hatte. Sie war mit einer klaren Vorstellung von dem Charakter des Arztes aufgewacht.

Doktor Hernandez, der sich am ersten Tag im Taxi besorgt über den Gesundheitszustand in seinem Dorf gezeigt hatte, dem die Stimmungen und Bedürfnisse anderer nicht entgingen, der unfähig war, das geheime Leid seines eigenen Lebens zu vergessen; Doktor Hernandez, der ihr Leben untersuchte mit der Überzeugung eines Arztes, ein Recht dazu zu haben, und der ihren Fragen auswich.

Sie hatte ihn in seinem Haus erlebt, in einer spanischen Umgebung, und seine Frau kennengelernt, die zu einem ihrer kurzen Besuche gekommen war. Hinter der Fassade lateinamerikanischer Unterwürfigkeit, in der aufmerksamen Weise, mit der sie ihm einen Drink brachte und ihn vor Telefonanrufen schützte, hatte Lillian den Spott seiner Frau gegenüber seinen Patienten gespürt. Er war auch den Kindern eingeflößt worden, deren Doktorspiele sich

von denen anderer Kinder unterschieden; seine Kinder ließen ihre Abneigung gegen den Beruf ihres Vaters erkennen. Die Kranken waren nicht wirklich krank, und die armen Kranken, die mit den schlimmen Krankheiten kamen, an denen die unterernährten Mexikaner litten, wurden von den Kindern und der Frau einfach nicht zur Kenntnis genommen.
Lillian hatte in den Augen des Arztes eine Traurigkeit bemerkt, die in keinem Verhältnis zu dem ironischen Verhalten der Kinder stand. Er sah ihnen zu, als sie Arzt spielten. Die Patientin war ein schöner Filmstar. Sie war in Binden eingewickelt. Seine Tochter spielte diese Rolle. Sobald der »Arzt« sich ihr näherte, befreite sie sich von den Binden, stürzte sich auf ihn, umarmte ihn und sagte: »Jetzt, wo Sie da sind, Doktor, bin ich nicht mehr krank.«
Als Lillian an diesem Morgen durch die Straßen ging, waren all diese Fragmente zur Gestalt eines Mannes mit Problemen verschmolzen. Lillian begriff, daß die Hartnäckigkeit, mit der er sie zu einem Geständnis bewegen wollte, ein Verteidigungswall gegen alles war, was er selbst gestehen wollte.
Anfangs hatte sie weder das Spiel noch sein Bedürfnis verstanden. Nun tat sie es. Obwohl es bedeutete, daß sie (um sich an seine Spielregeln zu halten) sich zuerst ihm anvertrauen mußte, so war sie jetzt dazu bereit, denn es würde ihn von seinem Geheimnis befreien. Die Rolle des Beichtvaters übernahm er ge-

wohnheitsmäßig. In jeder anderen Rolle würde er sich unwohl fühlen.
Die Straße wand sich den Hügel hinauf, und etwa auf halber Höhe befand sich die Praxis des Arztes. Der Innenhof diente als Wartezimmer. Zwischen Palmen und Gummibäumen in Töpfen standen Korbstühle. Rosa und purpurne Bougainvillea überzog die Mauern. Ein Dienstmädchen in Hausschuhen putzte den Boden. Die Schwester war nicht wie eine Krankenschwester gekleidet; sie trug wie alle berufstätigen jungen Mädchen in Golconda ein zartrosa Taftkleid wie für eine Party und wirkte dadurch eher wie eine Schwester der Freuden als eine Schwester der Kranken. In ihren Haaren trug sie Bänder und an den Ohren Muschelohrringe.
»Der Doktor ist noch nicht da«, sagte sie.
Das war im Alltag von Doktor Hernandez nichts Ungewöhnliches. Zu den Anforderungen seines Berufs und dem nie absehbaren Zeitaufwand kam die Religion der Zeitlosigkeit, der die Mexikaner huldigten. Sie weigerten sich entschieden, Uhren zu gehorchen; ihr Tun wurde nur von ihrer augenblicklichen Stimmung diktiert.
Aber Lillian empfand eine Unruhe, die sie dazu trieb, nicht geduldig in der Praxis zu warten, sondern wieder zu gehen.
Sie spazierte am Kai entlang und beobachtete, wie die Fischer zurückkehrten. Am Mast eines jeden Boots, das einen großen Fang gemacht hatte, flatter-

te ein Wimpel. Der Wind fing sich in den Flaggen und zwang sie, sich ebenso zu kräuseln und zu bauschen wie die Röcke der Frauen und die Bänder in ihren Haaren.
Lillian setzte sich in ein kleines Café, trank einen schwarzen Kaffee, betrachtete die schaukelnden Boote und die Familien, die mit ihren vielen Kindern spazierengingen. Wie sie sich in der Gegenwart einrichteten! Sie beobachteten alles, was geschah, als gäbe es nichts anderes, als warte keine Arbeit, kein Haus, zu dem man zurückkehren mußte. Sie überließen sich dem Rhythmus, ließen den Wind Kopftücher und Haare beleben, als versetze sie jedes Schwingen und Kräuseln von Farbe und Bewegung in hypnotische Zufriedenheit.
Als Lillian zur Praxis zurückkehrte, wurde es bereits dunkel.
Keiner der Patienten zeigte sich beunruhigt. Doch die Krankenschwester sagte: »Ich verstehe das nicht. Ich habe bei ihm zu Hause angerufen. Er ist vor einer Stunde weggefahren und sagte, er würde sofort hierherkommen.«
Sie schaltete die Lampen ein; sie gingen sofort wieder aus. Das kam in Golconda oft vor. Die Elektrizität war schwach. Aber es verstärkte Lillians Angst, und um sich davon zu befreien, beschloß sie, dem Arzt entgegenzugehen, in der Hoffnung, ihn unterwegs zu treffen.
Der lange Weg den Hügel hinauf bedrückte sie. Die

Lichter brannten wieder, doch die Häuser standen immer weiter voneinander entfernt; die Gärten wurden dunkler und dichter.
Dann sah sie in einem abgelegenen Feld ein Auto, das gegen einen Leitungsmast gefahren war. Menschen standen dort.
Im Dunkeln konnte sie die Farbe des Wagens nicht erkennen, aber sie hörte den Aufschrei der Frau von Doktor Hernandez.
Lillian begann zu zittern. *Er hatte versucht, sie darauf vorzubereiten.*
Sie ging weiter. Sie war sich nicht bewußt, daß sie weinte. Die Frau des Arztes verließ die Gruppe und rannte blindlings auf Lillian zu. Lillian nahm sie in die Arme und hielt sie. Doch die Frau wehrte sich dagegen. Ihr Mund verzerrte sich, obwohl kein Ton daraus hervorkam, als seien ihre Schreie erstickt. Die Frau fiel auf die Knie und verbarg ihr Gesicht in Lillians Kleid.
Lillian konnte an den Tod des Arztes nicht glauben. Sie tröstete die Frau, als sei sie ein Kind, das sein Leid übertrieb. Sie hörte den Krankenwagen, für dessen Anschaffung er das Geld gesammelt hatte. Sie sah die Ärzte und die Leute, die das Auto umstanden. Lillian begriff, daß die Stromversorgung kurz ausgesetzt hatte, als sein Wagen gegen den Lichtmast geprallt war. Die Frau stieß jetzt unzusammenhängende Worte hervor: »Sie haben ihn erschossen ... sie haben ihn schließlich doch erschossen ... sie haben ihn

erschossen, und das Auto ist gegen den Mast gefahren. Ich wollte ihn von hier wegbringen. Wer bringt es fertig, einen solchen Mann zu töten? Wer? Sagen Sie es mir! Sagen Sie es mir!«

Wer bringt es fertig, einen solchen Mann zu töten? Wer, wenn man an die Kranken dachte, die ihn brauchen und nicht mehr finden würden ... wenn man daran dachte, wie bescheiden er die kurzen Augenblicke des Vergnügens genoß, ohne sich dagegen aufzulehnen, wenn sie unterbrochen wurden ... wenn man daran dachte, welch echte Freude es ihm bereitete, Krankheiten zu heilen ... wenn man daran dachte, wie er versucht hatte, den Drogenhandel zu unterbinden, und sich weigerte, gefährliches Vergessen zu gewähren ... wenn man an die Nächte dachte, die er damit verbrachte, Drogen der Erinnerung zu erforschen, die den Indios bekannt waren. Welche Unterwelt hatte er als Hafenarzt gekannt, von der weder Lillian noch seine Frau etwas wissen konnten, deren Gefährlichkeit seine Frau aber geahnt hatte?

Lillian half der Frau den Hügel hinauf. Sie half der Frau, die die Stadt haßte, die er liebte, und deren Haß durch die Ereignisse jetzt gerechtfertigt wurde.

»Ich muß die Kinder darauf vorbereiten. Aber sie sind noch so klein! Was kann ich so kleinen Kindern über den Tod sagen?«

Lillian wollte nicht wissen, ob er geblutet, ob er sich am Glas geschnitten hatte. Ihr kam es vor, als wisse

allein er, wie man Verbände anlegte, wie man das Blut stillte, wie man heilte.
Die Sirene des Krankenwagens wurde leiser. Die Leute folgten ihnen schweigend.
Wenn es wahr ist, daß wir alles, was wir für andere tun, insgeheim für uns selbst erhoffen, dann hatte er all die Fürsorge, die er schenkte, gewünscht und gebraucht.
Wie konnte er sich seiner Frau mit ihren zu hohen Absätzen, den gelockten schwarzen Haaren und den dunklen eifersüchtigen Augen, den kleinen Händen und Füßen anvertrauen, wenn sie sich von Anfang gegen die Stadt und die Kranken gewendet hatte, die er liebte?
Lillian glaubte nicht an den Tod von Doktor Hernandez, und doch hörte sie den Schuß, spürte in ihrem Körper das Geräusch des Wagens, der gegen den Mast prallte; sie kannte den Augenblick seines Todes, als sei das alles ihr widerfahren.
Er hatte etwas zu sagen, was er nicht gesagt hatte. Er war gegangen und hatte seine Geheimnisse mit sich genommen.
Hätte Doktor Hernandez doch dieses tiefere, gefährlichere Gespräch nicht hinausgezögert, das sich unter der Oberfläche durch die Mythen der Träume zog, das aus der Tiefe, durch die Risse in den Gebäuden aller alten Städte in uns rief und laut durch die Augen von Statuen schrie ... hätte er doch nicht nur wie ein Taubstummer seine Not signalisiert ... wäre

doch durch die Lücken der Erinnerung nicht das Bewußtsein aufgetaucht, zwischen den Streifen von Licht und Schatten ... würden Menschen doch nicht die Jalousien herunterlassen, sich Verkleidungen zulegen und in Einzelzellen leben, über denen geschrieben steht: Die Zeit für Enthüllungen ist noch nicht gekommen ... wären sie nur zusammen hinuntergestiegen, wären sie doch mit Pickeln, Laternen, Seilen, Sauerstoff, Röntgenstrahlen, Verpflegung in die Höhlen der Seele hinabgestiegen, wären sie doch den Hinweisen all der Botschaften aus den geologischen Tiefen gefolgt, wo das gefangene Selbst verborgen lag ...

Laut Definition bedeutet *trope* Wendung und Änderung, und Lillian wendete und veränderte sich mit den Tropen, sie pendelte zwischen der Droge des Vergessens und der Droge des Bewußtseins hin und her wie die Einheimischen in ihren Hängematten, wie die Jazzspieler in ihren Rhythmen, wie das Meer in seinem Bett

sich wendete
sich änderte

Lillian reiste nach Hause.

Die anderen Reisenden waren beladen mit mexikanischen Körben, Sarapen, Tüchern, Silberschmuck, bemalten Tonfiguren und mexikanischen Hüten.

Lillian trug keine Dinge bei sich, denn nichts hätte verkörpern können, was sie zurückbrachte: die

Weichheit der Atmosphäre, die Zärtlichkeit der Stimmen, die Liebkosungen der Farben und die flüsternde Präsenz einer Unterwelt der Erinnerungen, die sich in Schlangenlinien unter jedem ihrer Schritte dahingezogen hatte, und die die Vergangenheit war, die Lillian nicht hatte vergessen können. Ihr Mann und ihre Kinder waren mit ihr gereist. Hatte sie in dem Gefangenen, den sie befreite, nicht Larry geliebt? Ihr erstes Bild von Larry: Er stand hinter einem eisernen Gartentor und sah ihr beim Tanzen zu. Ihn hatte sie als einzigen ihrer Mitstudenten vergessen, zu ihrem achtzehnten Geburtstag einzuladen. Seine Hände umklammerten das Gitter wie die Hände des Gefangenen in dem mexikanischen Gefängnis, und sie hatte ihn als einen Gefangenen seines Schweigens und seiner Zurückhaltung gesehen. Sie hatte Larry, nicht den betrügerischen Gefangenen befreien wollen. Hatte sie in Edwards Kindern nicht ihre eigenen Kinder geliebt? Liettas Sommersprossen geküßt, weil sie Adeles Sommersprossen waren? Abends bei ihnen gesessen, weil ihre Einsamkeit die Einsamkeit ihrer eigenen Kinder war?

Lillian brachte neue Bilder ihres Ehemanns Larry mit nach Hause zurück. als habe während ihrer Abwesenheit ein Fotograf mit neuen Chemikalien Abzüge von den alten Aufnahmen gemacht, auf denen neue Aspekte auftauchten, die sie noch nie zuvor bemerkt hatte ... als habe eine weichere Lillian, die etwas von der Weichheit des Klimas, etwas von der lockeren Anmut der Mexikaner in sich aufgenommen hatte, etwas von ihrer Begabung zum Glücklichsein gespürt, wie ihre Sinne sich schärften, ihr Blick klarer, ihr Gehör empfindsamer wurde. Als der innere Aufruhr sich legte, sah sie die anderen klarer. Eine weniger rebellische Lillian hatte erkannt, daß sie entweder zu Larry wurde oder ihn in anderen suchte, sobald er nicht da war.

Wenn sie dem Gespräch mit Doktor Hernandez ausgewichen war, dann deshalb, weil er versucht hatte, etwas an die Oberfläche zu ziehen, was er als ihre noch nicht ganz ertrunkene Ehe erkannte.

Doktor Hernandez. Während Lillian im Flugzeug saß, sah sie ihn, wie er, über sein Arztköfferchen gebeugt, Binden entrollte. Sein Gesicht konnte sie sich nicht mehr vorstellen. Er wendete sich von ihr ab, denn sie hatte ihm nicht das Vertrauen geschenkt, das er forderte. Der flüchtige Eindruck erschien wie auf Glas, verschwand, löste sich in der Sonne auf.

Diana hatte Lillian kurz vor der Abreise gesagt: »Ich glaube, ich kenne den wahren Grund für seinen Tod. Er war einsam, fühlte sich von seiner Frau getrennt und hatte nur oberflächliche, flüchtige Freundschaften mit Menschen, die von einem Tag auf den anderen wechselten. Nicht die Kugel hat ihn getötet. Er war so sehr darin geübt, den Tod zu bekämpfen, daß er ihn als einen persönlichen Feind betrachtete und Selbstmord nicht billigen konnte. Aber er bewerkstelligte ihn auf einem Umweg, auf so subtile Weise, daß er sich selbst vormachen konnte, er habe bei seinem Tod die Hand nicht im Spiel. Er hätte den Konflikt mit den Drogenschmugglern vermeiden können. Sie fielen nicht in seinen Verantwortungsbereich. Er hätte diese Aufgabe der Polizei überlassen können, die besser in der Lage war, mit ihnen fertig zu werden. Etwas trieb ihn dazu, die Gefahr zu suchen und diese gewalttätigen Männer herauszufordern. Er lud sie geradezu ein, ihn zu töten. Ich habe ihn oft gewarnt, doch dann lächelte er nur. Ich weiß, was ihn wirklich getötet hat: die Häufung von Niederlagen, das Wissen, daß selbst seine Frau in ihm den Arzt und nicht den Mann liebte. Wußtest du, daß sie todkrank war, als sie sich kennenlernten? Er hat sie geheilt, und selbst nach der Hochzeit war sie noch eifersüchtig, weil er sich anderer annahm. Für dich sieht es vielleicht so aus, als sei er geliebt worden. Doch in seinen Augen galt all die Liebe nur dem Mann mit dem Wunderköfferchen. Golconda ist ein Ort für flüchtige Freundschaften, sehr viele Fremde kommen nur für ein paar Tage hierher. Er hat mir einmal ganz bitter vorgeworfen, ich sei so beweglich und anpassungsfähig. ›Sie halten nie an etwas fest‹, sagte er, ›dieser ständige Fluß entspricht Ihrem unbeständigen Wesen. Ich wünsche mir etwas Tiefergehendes, Dauerhaftes. Je mehr Fröhlichkeit mich umgibt, desto einsamer fühle ich mich.‹«

Lillian mußte dieses Gefühl noch verstärkt haben.

Sie hatte versäumt, ihm die Selbstenthüllung zu schenken, die er sich gewünscht hatte – ein Geschenk, das es ihm vielleicht möglich gemacht hätte, sich ihr anzuvertrauen. Er litt unter Verweigerungen, von denen sie nichts geahnt hatte. Mit welchem Überdruß mußte er das ständige Verschwinden der Leute hingenommen haben. Sie kamen nach Golconda, saßen mit ihm am Strand; sie aßen mit ihm zu Abend, sie unterhielten sich für die Dauer einer Konsultation mit ihm und reisten dann wieder in andere Länder ab. Wie groß war die Erleichterung möglicherweise gewesen, schließlich derjenige zu sein, der ging!

Diana war davon überzeugt, daß er auf subtile Weise den Tod gesucht hatte. Und zu diesem Bild paßten jetzt andere Dinge, die Lillian bisher nicht hatte einordnen können. Die Vorstellung von seinem Leid zog wie ein Magnet eine Reihe von Eindrücken an, die sie bei verschiedenen Gelegenheiten gehabt, aber wieder verworfen hatte wie impressionistische Fragmente, die sich nicht in das Bild fügten: Die Jalousien seiner Augen öffneten sich und enthüllten Angst, Entmutigung und Einsamkeit. Und durch den Kontrast zu der Landschaft in Orange, Türkis und Gold wirkte er noch trauriger. Doktor Hernandez hatte sich scheinbar von allen Lebensströmen Golcondas erfassen lassen. Sie hatte sich mit dem Augenschein zufriedengegeben. Doch seine Ichs, die an der Peripherie, im Hintergrund gelebt hatten, tauchten nun unerwartet auf, und mit ihnen all die unsichtbaren Bereiche des Lebens – seines, ihres und des Lebens anderer – die das Auge der Psyche wahrnimmt, das Ich als Ganzes jedoch nicht wahrhaben will, obwohl diese »Geister« manchmal das lebende Ich enthalten, während die Gestalt auf der Bühne hohl ist und schlafwandlerisch agiert. Es schien, als habe sie begonnen, den wahren Doktor Hernandez zu sehen, den einsamen, Frau und Kindern durch ihre Eifersucht und ihren Haß auf Golconda entfremdeten Mann, der nur in das leidvolle, tragische Leben einer Vergnügungsstadt verwickelt war. Dadurch konnte Lillian auch zum ersten Mal hinter dem eindimensionalen Profil ihres Ehemannes einen Mann sehen, der das Haus verließ, um zur Arbeit zu gehen; einen Vater, der sich über seine Kinder beugte – eine vielschichtige, neue Persönlichkeit. Sie hatte Larry, den Gefangenen seines Schweigens, befreit, als sie den amerikanischen Betrüger im Gefängnis besuchte. Es war ihr gelungen, durch die Gitterstäbe des mexikanischen Gefängnisses Larrys stumme Botschaften zu verstehen. Wie ein Bild, das sich verdoppelt oder verdreifacht, etwa durch diese Linsen, die alles zerlegen, worauf man sie richtet, aber auch alles in unendlich veränderten Anordnungen wiederholen, so konnte Lillian nun zumindest zwei Larrys sehen: Der eine mit dem Ausdruck von Hunger und Verlangen im Gesicht, der sich ihr an jenem Geburtstag tiefer eingeprägt hatte als die

Fröhlichkeit ihrer Tanzpartner; der andere ein freundlicher Vater und Ehemann, der Fürsorge, Geschenke und Zärtlichkeit gab, wie Doktor Hernandez es vielleicht getan und sich dabei nach einem unerreichbaren Glück gesehnt hatte.

Durch das dicke Glasfenster des Flugzeugs sah sie noch ein anderes Bild von Larry: Er stand hinter der Glasscheibe in einem Fernsehstudio. Lillian hatte mit einem Orchester eine Aufnahme gemacht, und Larry saß währenddessen bei den Tontechnikern. Er hatte vergessen, daß sie ihn nicht hören konnte, und als die Musik zu Ende war, stand er auf, redete, lächelte und gestikulierte, um ihr seine Begeisterung für die Musik zu vermitteln. Ihr verwirrter Gesichtsausdruck führte nur dazu, daß er seine Gesten und seine Mimik in der Hoffnung übertrieb, durch eine Pantomime seines ganzen Körpers eine Botschaft ohne Worte übermitteln zu können.

Damals hatte diese Szene Lillian verwirrt, aber nun verstand sie ihre Bedeutung. Es war ihr nicht gelungen, Larry zu hören, weil er sich nicht der üblichen Mittel der Kommunikation bediente. Diese beiden Bilder schienen das Drama ihrer Ehe zusammenzufassen: Am Anfang ihre Reaktion auf seine stummen Bedürfnisse, auf seinen stummen Ruf nach ihr, dann ihr Versagen, seine Botschaft zu empfangen. Er war ein Gefangener seines Schweigens gewesen, und sie hatte dieses Schweigen als Abwesenheit interpretiert.

Er hatte ihre Bedürfnisse erfüllt! Was sie von der Liebe gefordert hatte, war etwas, was man von keinem Menschen erwarten sollte: eine Liebe, die stark genug war, ihr Minderwertigkeitsgefühl auszugleichen. Eine Liebe, die Tag und Nacht am Werk war, eine liebenswerte Lillian zu erschaffen, ein Bild, das sie zerstörte, sobald Larry es geschaffen hatte. Eine Liebe von mathematischer Präzision, die damit beschäftigt war, ein inneres Gleichgewicht zwischen ihrer Selbstkarikatur und einer Lillian, die sie akzeptieren konnte, herzustellen. Eine Liebe, die unermüdlich wiederholte: Lillian, du bist schön. Lillian, du bist wunderbar. Lillian, du bist großzügig und liebenswürdig und inspirierend, während sie auf der anderen Seite des Rechnungsbuches ihre Eintragungen machte: Lillian, du bist grundlos wütend, du warst gedankenlos, du verletzt die Gefühle anderer; du hast keine Geduld mit deinem Kind.
Eine endlose Abrechnung, eine endlose Revision der Posten.
Aber was hatte Larry gewollt? Es stimmte, Larry hatte sich mit seinem Verzicht auf das Leben abgefunden, und es schien ihn zu befriedigen, daß sie an seiner Stelle in der Welt der Musiker lebte (ursprünglich wollte er Musiker werden, hatte sich diesen Wunsch jedoch nicht erfüllt). Es stimmte, er schien in seinem Schweigen zufrieden zu sein, zufrieden damit, daß sie und ihre Jazzmusiker spielten und redeten. Das Leben am Rande schien für ihn

etwas Natürliches zu sein. Aber diese Arbeitsteilung war zu einer Scharade geworden. Als ihnen das Spiel nicht mehr gefiel (Lillian gefiel Larrys Rolle des indirekten Zuschauers nicht mehr, und Larry gefiel Lillians dominierende Stellung nicht mehr), wußten sie nicht, wie sie die Rollen tauschen sollten. Larry begann zu kristallisieren, da er keinen direkten Zugang zum Fluß des Lebens, keine eigene Taucherlunge, keinen eigenen Sauerstoff besaß. Sie glichen Zwillingen mit einer Lunge. Lillian vermochte den Fluß nur in Gang zu halten, indem sie in andere Leben entfloh, und diese Bewegung gab ihr die Illusion eines geschlossenen Kreises. Keine andere Beziehung konnte ihr Vollständigkeit geben, denn sie wollte ihr Leben mit Larry teilen, und letztlich suchte sie Larry in anderen.

Diese Reise ohne ihn hatte sie mit ihrer eigenen Unvollständigkeit konfrontiert. Sie hatte sich der Illusion hingegeben, die Lunge, die Fähigkeit zu leben, seien allein ihr gegeben. Wieviel von Larry hatte sie in sich getragen und ausagiert, sobald er nicht da war, um es für sie zu tun! Dann sprach *sie* nicht und ließ die Mexikaner munter und fröhlich reden, ließ Doktor Hernandez Monologe halten. Sie hielt Distanz zum Leben von Golconda, abgesehen von den Augenblicken, in denen sie sich der einschläfernden Droge, der Natur, überließ. Sie hatte sich verhalten, wie Larry es getan hätte. Ihr Mut, ihre Fähigkeit, sich in den Fluß des Lebens zu begeben, waren nur in Relation zu Larry möglich gewesen, im Vergleich zu seiner Zurückgezogenheit. Was hatte er getan, solange sie nicht bei ihm war? Vermutlich hatte er die Lillian, die er in sich trug, hatte er ihre Eigenschaften ausgelebt. Welchem Larry reiste sie nun entgegen? War es nicht ein Akt der Liebe, den Geliebten zu verkörpern? Glich es nicht diesem merkwürdigen »Besessenwerden«, zu dem es beim Tod von Vater oder Mutter kommt? Als ihre Mutter starb, *wurde* Lillian, zumindest für ein langes Trauerjahr, zu ihrer Mutter. Es war ein kaum wahrnehmbares Besessensein gewesen, denn Lillian gehörte nicht zu den Leuten, die Rituale besitzen, in denen diese Wahrheiten dargestellt wurden, Rituale, in denen der Geist des »Verschiedenen« in den Körper der Lebenden eindrang, mit denen man sich eingestand, daß der Geist des Verstorbenen in der Lage war, vom Körper des Sohnes oder der Tochter Besitz zu ergreifen und dort zu wohnen, bis er ausgetrieben oder durch Gebete zum Verlassen gezwungen würde. Scheinbar gab es keinen Zusammenhang zwischen diesen primitiven Vorstellungen und dem, was Lillian widerfuhr. Und doch hatte der Geist der Mutter von ihr Besitz ergriffen. Bei ihrem Tod erbte Lillian einen Fingerhut und eine Nähmaschine (obwohl Lillian nicht nähen konnte), und sie bemerkte nicht, daß sie damit manche Eigenschaften, Einstellungen und Launen ihrer Mutter übernahm. Einmal kam ihr der Gedanke, man setze im Alter den Einflüssen der Familie weniger Widerstand entgegen und kapituliere vor Familienähnlichkeiten.

Lillian lachte über die primitiven Besessenheitsrituale, die sie in Haiti gesehen hatte. Doch es gab eine primitive Lillian, die gegen den völligen Verlust ihrer Mutter ankämpfte, indem sie bereitwillig einige ihrer Eigenheiten und Züge übernahm (gerade jene, gegen die sie sich aufgelehnt hatte, solange die Mutter noch lebte, gerade jene, die ihr eigenes Wachstum behindert hatten). Sie begann nicht nur zu nähen, den Fingerhut und die Nähmaschine zu benutzen, sondern sie pfiff auch, wenn ihre Kinder sich vom Haus entfernten. Sie rügte ihre Kinder wegen der Dinge, die ihre Mutter an ihr getadelt hatte: unordentliche Kleider, impulsives und chaotisches Verhalten. Eine merkwürdige Art, ein Denkmal zur Erinnerung an die Mutter zu errichten, ein Monument ihres Weiterlebens.

Ähnlich war sie auch von Larry »besessen« gewesen; *sein* wählerisches Verhalten, wenn es um Menschen ging, sprach gegen Diana, die keine Unterschiede machte. In Golconda hatte Lillian zum ersten Mal Larrys Gewohnheit übernommen, sich zurückzuziehen, wenn die Leute ihren Anforderungen nicht entsprachen. Sie hatte die Einsamkeit der Anstrengung vorgezogen zu tun, als sei sie an ihnen interessiert.

Während Lillian sich nun der Heimat näherte, überlegte sie, ob sie sich nicht beide mit den Rollen abgefunden hatten, die ihnen von den Bedürfnissen des anderen als Bedingung für die Ehe zugewiesen worden waren. Die Bedürfnisse hatten die Rolle diktiert. Und Rollen, die von einem Bedürfnis und nicht vom Ich seiner Gesamtheit diktiert werden, führen im Laufe der Zeit zum Verdorren. Sie waren nur mit Teilen des anderen verheiratet. So wie Doktor Hernandez eine Frau geheiratet hatte, die nur den Arzt liebte und den Mann nicht kannte, der versucht hatte, seine Rolle abzustreifen, indem er sich in die gewalttätige Welt der Schmuggler begab, um den Puls des Lebens zu spüren, und der dabei den Tod riskierte.

Lillian hatte sich für den Tod des Arztes verantwortlich gefühlt; doch jetzt wußte sie, daß es nicht um eine persönliche Verantwortung ging; auch sie hatte nur mit einem Teil von Larry zusammengelebt, und wenn man nur mit dem Teil eines Menschen lebt, überantwortet man den Rest symbolisch der Gleichgültigkeit und dem Vergessen.

Lillian wußte, nicht die Kugel hatte Doktor Hernandez getötet, sondern er hatte sich der Kugel in den Weg gestellt. Seine Intelligenz und die Kenntnis des menschlichen Wesens mußten ihm manchmal gesagt haben, daß er mit dem plötzlichen Tod spielte, wenn er sich weigerte, seinen Vorrat an Drogen abzugeben oder falsche Rezepte zu verschreiben.

Ähnlich verschlungene Pfade des Labyrinths hatten ihr gezeigt, daß nicht das Fehlen oder der Tod der

Liebe sie von Larry entfremdet hatten, sondern die fehlende Kommunikation zwischen allen Teilen ihrer Wesen, auch den Seiten ihres Charakters, die der andere fürchtete, bloßzulegen. Die Kanäle der Emotionen ziehen wie Adern durch unseren Körper; durch irgendeine Krankheit werden sie verstopft, werden enger und enger, bis der Nachschub an Sauerstoff und Blut ausbleibt, was den Tod zur Folge hat. Die Kanäle ihrer Kommunikation waren verstopft. Sie hatten die erste Vorstellung vom anderen herausgegriffen, wie man das erste Foto vom anderen wählt und, ohne Änderungen oder Entwicklungen zu berücksichtigen, für alle Zeiten damit lebt. Sie hatten dieses Bild auf den Schreibtisch gestellt und in ihren Herzen bewahrt – ein Foto von Larry, wie er zum ersten Mal stumm und sehnsüchtig am Gartentor stand, und ein Foto der unglücklichen Lillian, deren Selbstvertrauen von den Eltern zerstört worden war.

Hätten sie sich gemeinsam in den Strom des Lebens begeben, wären diese Zonen des Vakuums nicht entstanden, in die andere Beziehungen hineinstießen. Ebenso hätte Doktor Hernandez einen Weg gefunden, seinen Feinden zu entfliehen, wenn er in Golconda glücklich gewesen und geliebt worden wäre. (Diana hatte Beweise, daß man ihn gewarnt und ihm Hilfe angeboten hatte, doch er lehnte beides unbekümmert ab.)

Die Art, in der Lillian sich schließlich dem Leben in

Golconda verschlossen hatte, verriet, daß sie wie Larry oft die Tür vor Erfahrungen verschloß und nach vorgezeichneten Mustern lebte.

Diana hatte gesagt: »Die Leute haben ihn nur gerufen, wenn es ihnen schlecht ging. Zu ihren Partys luden sie ihn nie ein. Ich weiß, er hat anderen das gegeben, wonach er sich selbst am meisten sehnte. Mitgefühl ... für jeden, der Probleme hatte. Ich glaube, er hatte größere Probleme als wir alle.«

Mit seinem Tod verschwand vieles, und er zeigte Lillian deutlich die Gefahren des Verschwindens. Die Angst machte Lillian produktiv, brachte ihr Leben, ihre Gefühle in Bewegung und ließ sie wieder erblühen. Der plötzliche Tod hatte die Kostbarkeit menschlicher Liebe und menschlichen Lebens offenbart. All die Negationen, jedes Zurückziehen, die Gleichgültigkeiten erschienen als Vorboten des absoluten Todes und waren zu verurteilen. Ihr stand das Bild einer Welt ohne Larry und ohne Kinder vor Augen, und sie wußte, allein die Gewißheit, daß ihre Abwesenheit vorübergehend war, hatte die Liebe zu Golconda möglich gemacht.

Und jetzt begriff sie Doktor Hernandez' Worte in ihrer wahren Bedeutung. »Es scheint vielleicht, als ob wir einen Menschen, einen Ort, einen Zustand, ein vergangenes Leben vergessen, doch in Wirklichkeit tun wir nichts anderes, als neue Schauspieler zu wählen, das ähnlichste Ebenbild des Freundes, des Liebhabers, des Ehemannes, den wir zu vergessen suchen, um das Drama in anderer Besetzung wieder aufzuführen. Und eines Tages öffnen wir die Augen und sehen, daß wir die gleiche Geschichte wiederholen. Wie könnte es auch anders sein. Der Entwurf liegt in uns, in unserem Innern. Die alten Mystiker bezeichnen es als Karma. Alles wird so lange wiederholt, bis die geistige oder emotionale Erfahrung begriffen, aufgelöst und bewältigt ist.«

Alle Mitspieler waren vorhanden gewesen, nicht, um in Worten, sondern in einer Folge von Bildern beschrieben zu werden. Der Gefangene hatte ihr Mitgefühl nur deshalb geweckt, weil er vage das erste Bild von Larry hinter dem Eisentor heraufbeschwor. Selbst wenn dieser Gefangene nur ein Betrüger war, so hatte er seine Rolle doch gut genug gespielt, um in Lillian die Gefühle für den ersten Larry wiederzuerwecken, den sie gekannt hatte – ein Larry, der Probleme hatte, Probleme, die sie aus tiefstem Herzen teilte, ein Larry, den sie nicht nur aus Mitgefühl, sondern aus einer Wesensverwandtschaft heraus geheiratet hatte. Sie hatte das verdrängt, indem sie sich in das Leben und in Beziehungen stürzte, indem sie furchtlos und leidenschaftlich auftrat; und es hatte der wahren Freiheit von Golconda bedurft, seines fließenden, weichen, strömenden Lebens, um ihr eigenes Gefangensein, ihre Unbeholfenheit offenzulegen. Sie war enger mit Larry verbunden, als ihr das bewußt war. Sie hatte genausoviel Angst, doch die Angst hatte sie aktiv und sprunghaft werden lassen. Sie umwarb, liebte, gab und suchte – getrieben von derselben Angst, die Larry dazu brachte, sich in sein Haus und in die Einsamkeit zurückzuziehen. Als sie das erste intuitive Wissen um das Band verlor, das zwischen ihnen bestand, verlor sie auch eine Wahrheit über sich selbst. Sie hatte sich vom Mythos ihres Mutes, dem Mythos ihrer Wärme und ihrer Lebendigkeit täuschen lassen. Der Glaube an diesen Mythos hatte dazu geführt, daß sie Larrys statisches Wesen verurteilte und damit die statischen Elemente in sich selbst verbarg.

Eines Abends hatten Doktor Hernandez, Fred, Diana und Edward beschlossen, die Tanzlokale der Einheimischen in den kleinen ungepflasterten Straßen hinter dem Markt von Golconda zu besuchen. Sie sprangen über einen Abwassergraben und setzten sich an einen Tisch mit einer roten Wachstuchdecke, der auf dem Lehmboden stand. Tropische Pflanzen in Benzinkanistern schirmten die Gäste stellenweise gegen die Straße ab. Rote Glühbirnen an Drähten warfen kohlschwarze Schatten und tönten die Haut in den wechselhaften Farben züngelnder Flammen. Ein verstimmtes Klavier klang wie zerbrochenes Glas. Die Trommeln beherrschten die Musik, seien es Lieder oder die Klänge aus der Musikbox; sie waren so eindringlich wie die Trommeln Afrikas. Die Häuser ähnelten überdachten Gärten, und deshalb mischten sich die Musik der

Gitarren, eines kubanischen Tanzorchesters, der Gesang einer Frau. Aber die Tanzenden gehorchten den Trommeln.

Ihre Haut entsprach allen Schattierungen von Schokolade, Kaffee und Holz. Es gab viele weiße Anzüge und Kleider, und viele jener geblümten Kleider, die unter bedruckten Stoffen die gleiche Stelle einnehmen wie in der Malerei die früher von altjüngferlichen Tanten gemalten Blumen und Früchte im Vergleich zu einem Matisse oder einem Braque. Die Tanten waren nicht bereit, sich auf ihren Bildern von dem zu lösen, was sie täglich aßen, vom täglichen Anblick eines Eßtischs.

Alle Leute, die Lillian in Golconda gesehen hatte, waren da: Taxifahrer, Polizisten, Ladenbesitzer, Lastwagenfahrer, Rettungsschwimmer, Strandfotografen, Zitronenverkäufer und der Besitzer des Bootes mit dem gläsernen Boden. Die Männer tanzten mit den Prostituierten, den selben Mädchen, die Lillian gesehen hatte, wenn sie ruhig am Fenster saßen und nähten oder auf dem Markt Obst verkauften. Sie übten ihren nächtlichen Beruf mit denselben niedergeschlagenen Augen, sanften Stimmen und demselben passiven Gleichmut aus. Sie waren verführerischer, aber keineswegs aufreizend gekleidet, obwohl sie mehr Schultern und Arme zeigten. Die Männer tranken und wurden laut. Die Polizisten hatten die Pistolenhalfter über die Stuhllehnen gehängt.

Die Mexikaner tanzten mit nackten Füßen, und

Lillian zog ebenfalls ihre Sandalen aus. Der Lehmboden war warm und trocken, und wie in jener Nacht am Strand, als sie getanzt hatte, während die Wellen ihre Zehen umspielten, empfand sie keinen Bruch zwischen der Erde und ihrem Körper, es war, als ströme derselbe Saft und Rhythmus durch die Erde und ihren Körper: golden, grün, wäßrig oder feurig, wenn man zum Kern vordrang.
Jeder sprach Doktor Hernandez an; selbst die, die schon betrunken schwankten, verbeugten sich ehrerbietig vor ihm.
Ein Sänger stimmte eine mexikanische Ballade an, ein Klagelied über die Leiden der Liebe. Tequila floß in Strömen, und Zitrone und Salz ließen ihn auf der Zunge brennen. Die Stimmen wurden rauh, und die Gestalten verschwammen. Die nackten Füße stampften auf dem Lehmboden, die Körper verloren ihre Identität und verschmolzen, vom Rhythmus erfaßt, zu einem einzigen Tanz. Die Hitze aus dem Innern der Erde wärmte ihre Füße.
Doktor Hernandez sagte stirnrunzelnd: »Lillian, ziehen Sie Ihre Sandalen an!« Er sagte das im Beschützerton, und sie wußte, er konnte seine Ermahnung als ernst zu nehmenden medizinischen Rat rechtfertigen. Aber sie lehnte sich heftig gegen jeden auf, der die magnetische Verbindung mit anderen unterbrechen konnte – mit der Erde, mit dem Tanz und mit den sinnlichen Botschaften, die zwischen ihnen flossen.

Auch auf Fred war sie unerklärlicherweise wütend, denn er wirkte blaß, in sich gekehrt, sah nur zu anstatt mitzumachen. Er behielt die Schuhe an, und selbst der monodische Jubel des Sängers vermochte diesen fremden Besucher, den einsamen Wanderer, nicht zu erweichen. Auf einmal saß dort nicht länger Fred, der Zuschauer und Feuerlöscher; dort saßen alle, die sich ihrem Bemühen in den Weg gestellt hatten, den feurigen Kern zu erreichen.

Die Pflanzen, uneingeladene Gäste aus dem Dschungel, überschwemmten das Tanzlokal, streiften die Schultern der Tänzer; der scharfe, brennende Geruch des Tequila: die Kaktusmilch; die Schreie der Straße klangen wie die Schreie von Vögeln und Affen, von Tieren des Dschungels; die funkelnden Augen der neugierigen Kinder leuchteten zwischen den Blättern beinahe wie die Augen von Wildkatzen; das Abwasser im Graben rauschte wie ein Springbrunnen; die Scheinwerfer der Taxis zuckten über die Tänzer – Leuchtfeuer im aufgewühlten Meer der Sinne. Der Schweiß auf den Hemdrücken; die Berührung der Zehen war intimer als die der Hände; die runden Tische schienen sich zu drehen wie Alphabettafeln für spiritistische Sitzungen mit verbotenen Botschaften, von denen jede eine Liebkosung war; und an dieser Orchestrierung des tropischen Überflusses mußten sich alle die Augenblicke des Lebens messen, die niemals voll erblühten, die nur von schwachem Leben erfüllt waren, die

Verbindungen und Vereinigungen, die nicht stattfanden.

Larry und Lillian hatten sich an einem Punkt berührt, einen Blick auf ihr unverstelltes Ich erhascht, aber sie waren nicht völlig miteinander verschmolzen. Mangelnde Aufnahmefähigkeit, schlechte Verbindungen und manchmal überhaupt kein Kontakt. Lillian wußte jetzt, daß es eine Illusion war zu glauben, man lebe im Vollbesitz seines Körpers. Der Körper konnte einem entgleiten. Sie konnte sehen, wie Fred dies durch seine Abschirmung gegen die Sinnlichkeit des Ortes und der Menschen erreichte.

»Ziehen Sie Ihre Sandalen an!« wiederholte Doktor Hernandez, und Lillian hörte daraus, daß er sie vor Promiskuität bewahren wollte. Das war schon immer seine Rolle gewesen. Sie mußte ihm Widerstand leisten, damit er nicht noch mehr Kurzschlüsse verursachte, noch mehr Trennungen. Sie mußte Fred Widerstand entgegensetzen, der wie in jenen Träumen, in denen die Identität der Personen nicht deutlich erkennbar ist, zu allen wurde, die ihre Liebe nicht erwidert hatten. Ganz besonders zu Gerard, dem ersten. Als Fred unbeholfen und ernsthaft mit ihr tanzte, blickte sie auf seine Stiefel und sah darin ein Zeichen bewußter Isolierung. Sie schob ihn von sich und sagte: »Deine Schuhe tun mir weh!«

Die Zeiten waren vorüber, in denen ihr Körper durch Heimsuchungen aus der Welt der Schuld geschändet werden konnte. So angenehme Empfin-

dungen wie ein Kuß, den ein Fremder ihr beim Tanzen auf die Innenseite des Arms, in die Armbeuge drückte, hatten früher einmal genügt, um sie plötzlich fliehen zu lassen. Jetzt konnte niemand mehr ihr Gefühl des Einsseins mit Golconda zerstören. Sie hatte Larry mit all den sinnlichen Berührungen, den betäubenden Gerüchen und Genüssen betrogen.
Die Mädchen stellten fest, daß Lillian nicht mit Fred tanzte, und setzten sich zu ihm. Die eine trug ein schwarzes Satinkleid mit weißem Spitzensaum, der wie ein frech sich hervorwagender Unterrock wirkte, eine andere ein Tuch, das immer wieder, wie von unsichtbarer Hand gezogen, von ihren Schultern glitt. Der Gesichtsausdruck einer dritten glich dem eines Schulmädchens, das eifrig seine Aufgaben macht. Ihre Haare waren immer noch feucht vom Schwimmen und hingen ihr glatt um den Kopf wie die Haare einer Tahitanerin. Ein Mädchen lächelte Fred an und legte eine feingliedrige, zarte kleine Hand auf sein Knie. Dann beugte sie sich vor und flüsterte ihm, immer noch lächelnd, eine Frage ins Ohr, die ihm das Blut ins Gesicht trieb, und seinen Körper in panischem Entsetzen erstarren ließ. Das Mädchen zu seiner Linken – ihre kleinen Ohrringe vibrierten, und sie hielt ihr blau glänzendes Marienmedaillon wie eine Zigarette zwischen den Fingern – fügte hinzu: »Wir beide? Aufregender?«
Fred warf Lillian einen gequälten Blick zu, und Lillian lachte. Eines der Mädchen küßte sein Ohrläpp-

chen, die andere schob ihre Hand unter sein Hemd.
»Lillian, hilf mir!«
Er konnte sich nicht selbst von ihnen befreien. Er hatte sie am Strand gesehen, wo sie Muscheln, Fisch und Spitzen verkauften. Er hatte gesehen, wie sie mit dem schwarzen Schleier über den Haaren in die Kirche gingen.
Da Lillian sah, wie sehr er litt, sagte sie: »Es ist zu heiß zum Tanzen. Gehn wir schwimmen!« Es stimmte, die Kleider klebten ihnen am Leib, und ihre Haare sahen aus, als kämen sie gerade aus dem Wasser.
Die Mädchen klammerten sich an Fred. »Du bleibst«, sagten sie.
Lillian beugte sich zu ihnen hinüber und sagte auf spanisch: »Ein andermal. Heute nacht will er unbedingt bei mir bleiben.«
Ihre Hände fielen von seinen Schultern.
Jetzt saßen sie im Taxi und fuhren schaukelnd über unbefestigte Straßen.
Fred wußte nicht, daß er im Lauf des Abends für Lillian seine Identität verloren hatte und sich in Gerard verwandelt hatte, ihre erste Niederlage, die ihr die Passivität zugefügt hatte. Er war Gerard, dessen Lähmung sie nun erkannte und nicht mehr begehrte. Es ist nicht möglich, eine Mauer, ein Hindernis, eine unbewegliche Masse zu begehren. Und doch hatte genau diese Art Freundlichkeit und Passivität sie einmal angezogen und ihre Ängste beruhigt. Damals hatte sie nicht gewußt, was sie heute wußte: Es war

die Begegnung mit einer Angst gewesen, die größer als ihre eigene war. Sie konnte ihn leidenschaftlich begehren (Gerard), denn instinktiv wußte sie, daß er nicht reagieren würde. Sie konnte ihn rückhaltlos begehren (und sogar ihre eigene Spontaneität bewundern!), denn seine Zurückhaltung war garantiert. Sie konnte ungehemmt begehren, da sie wußte, sie würde sich nicht in einer Vereinigung verlieren. Es schien absurd zu sagen, man würde ein Glas Wasser ablehnen, wenn man durstig war. *Wenn dieses Glas Wasser jedoch alle Gefahren der Liebe repräsentierte?* Für die sechzehn- oder siebzehnjährige Lillian lag die Gefahr in der Erfüllung, war Liebe die Gefahr und eine geteilte Leidenschaft Sklaverei. Sie wäre damit einem anderen Menschen ausgeliefert gewesen. (So wie Fred jetzt fürchtete, einer Frau ausgeliefert zu sein.) Wenn Lillian jedoch jemanden begehrte, der sie nicht begehrte, konnte sie dieses Feuer brennen lassen und das Gefühl haben: Wie lebendig ich doch bin! Ich bin fähig zu begehren. Armer Gerard, was ist er doch für ein Feigling. Er hat Angst vor dem Leben. Sie empfand nicht, wie sie glaubte, den Schmerz des Lebendigseins, sondern den Schmerz der Enttäuschung.

Es versetzte sie in Hochstimmung, daß Freds stummes Flehen und sein Zurückweichen sie nicht hatten verführen können. Sie war dankbar, nicht vor einer gescheiterten Liebesaffäre zu stehen, sondern entdeckt zu haben, daß das Geheimnis des Fehlschlags

in der Wahl des Partners lag – einer Wahl, die auf Angst beruhte. Also war es Angst, die ihr Leben bestimmt hatte, und nicht Begehren oder Liebe.
Wenn sie nicht zu schnell die kleine Bucht erreichten, die nur Doktor Hernandez kannte, würde ihr Zeit bleiben, unvermeidliche Schlußfolgerungen zu ziehen. Sie und Larry hatten einander gewählt, und jeder hatte die Rolle gespielt, die verhinderte, daß ihre Ängste sie überwältigten. Wie konnten sie sich gegenseitig dafür verurteilen, die Rolle gespielt zu haben, die sie einander zugewiesen hatten? Du, Larry, darfst dich nicht verändern, dich nicht bewegen, du mußt die feste, unveränderliche Liebe repräsentieren. Du, Lillian, mußt dich für uns beide verändern und bewegen, um den Mythos der Freiheit aufrechtzuerhalten.
Fred fürchtete sich vor der Nacht; er hatte Angst vor Diana, die sich Kühlung verschaffte, indem sie ihr Kleid am Ausschnitt faßte und ihre Brüste damit fächelte. Er fürchtete sich vor Lillian, die sich mit dem Saum ihres Baumwollkleides das Gesicht fächelte und den Spitzenunterrock zeigte.
Das Taxi hielt auf einer Hügelkuppe, und Doktor Hernandez führte sie durch Dornen und Felsen hinunter in die geheime Bucht.
Fred fürchtete sich vor der Nacht, er fürchtete, sein Körper würde ihm entgleiten und mit der tropischen Nacht, diesem purpurnen Samt mit den Diamantenaugen, verschmelzen. Die tropische Nacht

war nicht leblos wie eine gemalte Filmkulisse, sondern erfüllt von Geflüster und schien Arme zu haben wie die Blätter.
Schönheit war eine Droge. Der kleine Strand lag wie schimmerndes Quecksilber vor ihren Füßen. Sie entkleideten sich in den Felsen, die eine Höhle bildeten. Das Wasser verschluckte die Worte, und man hörte nur das Lachen oder einen Namen. In Mondlicht getaucht, stieg Diana wie eine phosphoreszierende Venus in die Wellen. Die Petroleumlampen auf den kleinen Fischerbooten flackerten wie Kerzen. Durch den Dunst gefiltert, warfen die Neonlampen Lichtstreifen auf das Wasser wie winzige Scheinwerfer.
Fred war so beklommen, als sei er den singenden Meerjungfrauen begegnet. Er zog sich nicht aus. Doktor Hernandez schwamm weit hinaus. Er kannte jeden Felsen. Lillian und Edward blieben in der Nähe des Ufers. Die Müdigkeit und die Hitze des Tanzes wurden abgewaschen. Das Meer schaukelte sie wie eine Hängematte. Eine neue Haut konnte über den Körper wachsen. Das Heben und Senken des Meeres glich ihrem Atem, als hätten das Meer und die Schwimmer nur eine Lunge.
Aus der ganzen Schönheit der tropischen Nacht, dem vollen Mond, den Myriaden strahlender Sterne, dem dichten Samt der Nacht konnte vielleicht eine ganze Frau geboren werden – keine Frau, deren verstreute Fragmente das isolierte Leben einzelner Zel-

len führten und manchmal vorübergehend in anderen Leben ein Zuhause fanden.
Fred stand abseits. Er klammerte sich an seine Fesseln, seine Ketten, an die Peripherien, die Inseln, die Brücken. Der Taxifahrer rauchte eine Zigarette und sang die Melopöie der Liebe.
Die Unbeweglichkeit, mit der Fred auf den Felsen saß, ohne an dieser Wassertaufe teilzunehmen, ließ in ihr ein Bild von Larrys fehlender Beweglichkeit entstehen. Während die Psyche sich verändert, schafft sie neue Wortbedeutungen, und das Wort »Beständigkeit« hatte einmal als Tugend gegolten. Sie hatte diese Beständigkeit beschworen, gebraucht und geliebt, denn in ihrem Chaos und ihren Wirren war Beständigkeit das Symbol der Unwandelbarkeit, der Ewigkeit. Eine unwandelbare Liebe. Wie ungerecht, ihre Bedeutung zu ändern, obwohl diese unwandelbare Liebe das Gewächshaus darstellte, in dem sie als Frau geboren worden war. Konnte man das Leben mit dem Wissen neu beginnen, was hinter den Scharaden lag, die man gespielt hatte? Würde sie die Masken überlisten, die sie beide trugen ... die Maske, die sie auf Larrys Gesicht geheftet hatte? Nun erkannte sie ihre Verantwortung in dem symbolischen Drama ihrer Ehe.
Lillian reiste nach Hause. Die Irrwege des Labyrinths führten nicht zur Desillusion, sondern zu unerforschten Dimensionen. Archäologen der Seele kehren nie mit leeren Händen zurück. Lillian hatte

das Labyrinth unter ihren Füßen gespürt wie die ausgegrabenen Gänge unter Mexico City. Aber sie hatte sich gefürchtet, das Labyrinth zu betreten und dem Minotaurus zu begegnen, der sie verschlingen würde.

Doch jetzt stand sie ihm gegenüber, und der Minotaurus ähnelte jemandem, den sie kannte. Er war kein Ungeheuer. Er war ein Bild in einem Spiegel, eine maskierte Frau, Lillian, der verborgene, maskierte Teil ihres Wesens, der ihr selbst unbekannt war, der ihr Handeln beherrscht hatte. Sie streckte die Hand nach diesem Tyrannen aus, der ihr nun nichts mehr anhaben konnte. Er war im Spiegel des runden Flugzeugfensters und flog durch die Wolken – ein dahinjagendes Gesicht – ihr eigenes Gesicht, und es wurde erst klar und erkennbar, als die Dunkelheit einsetzte.

Obwohl das Flugzeug sie nach einem dreimonatigen Engagement in Golconda nach White Plains zurückbrachte, führte ein kleines sechsjähriges Mädchen, das im Mittelgang auf- und ablief, sie auf Umwegen in die Vergangenheit zurück – zurück an einen bestimmten Tag ihrer Kindheit in Mexiko, als ihr Vater, wieder einmal verärgert über die unverständlichen Einheimischen und die Naturkatastrophen, nach Hause in das eine Reich zurückkehrte, wo sein Wille nicht in Frage gestellt wurde. Die Mutter gab ihm einen Bericht über den Tag. Gleichgültig wie mild sie ihn machte, wie unbedeutend sie die Vergehen der Kinder darstellte, der Vater fand immer einen Grund, die Kinder ins oberste Stockwerk, in den staubigen Speicher hinaufzuführen. Und dort legte er eines seiner Kinder nach dem andern übers Knie.

Da er in der übrigen Zeit nicht mit ihnen sprach, auch nicht mit ihnen spielte oder sie in den Arm nahm, mit ihnen las oder sang, da er sich so verhielt, als seien sie überhaupt nicht vorhanden, rief diese kurze Zeit im Speicher bei Lillian zwei unterschiedliche Gefühle hervor: Demütigung und die Freude über die Nähe. Da es keine anderen Momente der Nähe mit dem Vater gab, sah Lillian im Speicher allmählich nicht nur den Ort der Züchtigung, sondern auch den des einzigen Rituals mit dem Vater. Wenn sie davon sprach, betonte sie jahrelang nur die Ungerechtigkeit, die Schmach dieser Szene. Sie betonte, daß der Tag kam, an dem sie sich offen gegen ihren Vater auflehnte und ihn so einschüchterte, daß er die Bestrafungen aufgab.

Doch in Paris geriet sie einmal zufällig in eine Passage und sah Leute so begeistert und interessiert vor einem Münzkino stehen, daß sie wartete, bis sie an die Reihe kam. Sie steckte eine Münze in den Schlitz und sah eine kurze Szene, die so komisch und ruckhaft wie die Filme der zwanziger Jahre war: Eine Familie saß am Eßtisch. Der Vater (mit Schnurrbart), die Mutter in einem Rüschenkleid und drei Kinder. Das junge, hübsche Dienstmädchen trug die Suppe auf. Sie war schwarz gekleidet; ihr Kleid war sehr kurz, und darunter blitzte der weiße Spitzenunterrock hervor. Im Haar prangte eine weiße Spitzenschleife. Sie schüttete etwas von der Suppe auf die Hose des Vaters. Der Vater stand wütend auf und verließ den Tisch, um sich umzuziehen. Das Dienstmädchen mußte ihm nicht nur dabei behilflich sein, sondern auch für das Mißgeschick büßen.

Lillian wollte schon amüsiert, aber unbeeindruckt gehen, als der Automat klickte, und ein neuer Film begann. Ort der Handlung war diesmal das Klassenzimmer von kleinen sechs- oder siebenjährigen Mädchen (das Alter, in dem Lillian von ihrem Vater gezüchtigt wurde). Die Mädchen trugen altmodische, gerüschte Kleidchen. Der Lehrer ärgerte sich über ihr Kichern und Lachen; er befahl einem nach dem anderen, zu ihm zu kommen, und legte sie übers Knie (so wie Lillian und ihre Geschwister im Gänsemarsch hatten die Treppen hinaufmarschieren müssen). Lillians Herz schlug heftig. Sie glaubte, sie würde den Schmerz und die Demütigung wiedererleben, die der Vater ihr zugefügt hatte.

Doch als der Lehrer ein kleines Mädchen hochhob, sie über das Knie legte, den Rock hochschob, die Höschen herunterzog, und es schlug, empfand Lillian nach zwanzig Jahren nicht Schmerz, sondern die berauschende Freude sinnlicher Erregung, als sei die Züchtigung, mit der er sie verletzte, gleichzeitig die einzige Liebkosung gewesen, die sie von ihrem Vater erhalten hatte. Der Schmerz hatte sich unentwirrbar mit der Freude über seine Gegenwart vermischt; das Zerrbild der Nähe hatte sich in Genuß verwandelt. Das Ritual, als Strafe gedacht, war zur einzigen Intimität geworden, die sie erlebt hatte – zum einzigen Kontakt. Zorn und Tränen hatten die Zärtlichkeit ersetzt.

Sie wünschte sich, an der Stelle des kleinen Mädchens zu sein. Bebend vor freudiger Erregung eilte Lillian aus der Passage, als hätte sie eben ein erotisches Abenteuer erlebt.

Also war der wahre Tyrann, der Organisator und Regisseur ihres Lebens, die Suche nach einer chemischen Verbindung gewesen – soundsoviel Gramm Schmerz mit soundsoviel Gramm Genuß nach einer Formel gemischt, die nur das Unbewußte kannte. Das Scheitern basierte auf dem großen Unterschied zwischen der Beziehung, die sie auf einer tieferen Ebene brauchte, nach der sie sich sehnte, und der, die sie hatte. Das Bedürfnis entstand aus einer Anhäufung von Deformationen und negativen Verhaltens. Als Lillian glaubte, in ihrer Beziehung zu Jay von Leidenschaft gefesselt zu sein, lag sie auch in den Fesseln eines Bedürfnisses. Während sie glaubte, ihre Reisen nach Paris seien allein auf ihr Verlangen nach Jay zurückzuführen, waren sie in Wirklichkeit schon seit jenen Tagen in Mexiko vorherbestimmt, als sie erst sechs oder sieben Jahre alt gewesen war. In ihrer Ehe mit Larry war das Maß an Schmerzen nicht groß genug gewesen.

In den Laboratorien versuchten die Wissenschaftler den Virus zu isolieren, der möglicherweise Krebs hervorruft. Djuna glaubte, man könne den Virus isolieren, der die Liebe zerstört. Doch ihre Ansicht führte zu dem empörten Aufschrei: Das ist das Ende der Illusion ... während es in Wahrheit doch nur der Anfang war! Von Djuna hatte Lillian gelernt, daß jede Zelle zu neuem Leben fähig war, sobald man sie von der kranken trennte.

Die eingefahrenen Geleise einebnen! Lillian konnte sich vom Vater lösen, und sie war zu anderen Bindungen fähig. Doch die Art der Beziehung, die Form, war zu einem Gleis geworden. Das Gleis war vertraut, und sie folgte ihm gewohnheitsmäßig, selbstverständlich; sie folgte dem vertrauten Gleis von Schmerz und Genuß, der Nähe um den Preis von Schmerzen.

Lillian erinnerte sich an Djunas Worte: Der Mensch zerbricht nicht. Er *erlebt* eine Art Teilung; aber ich glaube an jene, die ohne großes Aufsehen versuchen, die zerstörerischen Zellen zu isolieren, so daß nach der Teilung jeder Teil sichtbar und lebendig ist und auf eine neue Verbindung wartet.

Hatte Lillian deshalb immer bei Hochzeiten geweint? War ihr undeutlich bewußt, daß jeder Mensch vielleicht in seinem selbstgeschaffenen Mythos eingekapselt ist, im ersten Gipsabdruck, den seine Emotionen hinterlassen haben? Statisch und unveränderlich konnte sich jeder nur in den Geleisen bewegen, die seine Vergangenheit eingefahren hatte. Jay war ihr anfangs als ein Freudenbringer erschienen. Sie hatte seine völlige Einheit mit der Erde geliebt, sein Bejahen des hungrigen, gierigen Tiers in sich. Er lebte mit Scheuklappen; er suchte nur den Genuß; er mied Verantwortung und Pflichten und schwamm geschickt an der Oberfläche; er mißtraute den Tiefen und lebte genußvoll in der Welt, zog die vielen den wenigen vor und ließ sich nur vom Leben berauschen, wohin es ihn auch tragen mochte. Er war weder Menschen noch Ideen treu, suchte nur den Fluß, den lebendigen Augenblick. Er blickte nie zurück und blickte nie in die Zukunft.

Seine Reden von Gewalttätigkeiten entsprachen ihrem aufrührerischen Wesen. Aber dann liebte er sie ohne Gewalttätigkeit und fragte hinterher: »Hast du mehr Brutalität erwartet?« Diesen Mann kannte sie nicht. Das erste Zimmer, in das er sie mitgenommen hatte, war schäbig. Er hatte gesagt: »Siehst du, wie abgetreten der Teppich ist?« Doch sie sah nichts anderes als den goldenen Glanz, die Sonne hinter dem Vorhang. Sie hörte nur seine Worte: »Lillian, in deinen Augen liegt nur Staunen. Du erwartest jeden Tag ein Wunder.« Sein braunes Hemd hing an der Tür. Es gab nur ein Trinkglas, Stapel von Notizbüchern und Skizzen, die sie später ordnen, drucken lassen und zu dem berühmten Portfolio zusammenstellen sollte. Er hatte keine Zeit innezuhalten. In den Straßen gab es zuviel zu sehen. Er hatte gerade die

Straße der Algerier entdeckt mit ihrem Safranduft und den algerischen Liedern, die aus dunklen, mittelalterlichen Haustüren drangen.

Lillian glaubte, sie beide könnten etwas Neues beginnen. Sie hatten sich in New York kennengelernt, als Lillian von Larry getrennt lebte. Jay war nach Paris gegangen, weil er in der Nähe der Maler sein wollte, die er bewunderte. Lillian hatte dort mehrere Monate im Jahr ein Engagement. Die uneingeschränkte Bejahung des Lebens in all seinen Formen war neu für sie; die Bejahung der Häßlichkeit, der Armut, der Sinnlichkeit; Jay bejahte alles, er wählte nicht, traf keine Unterscheidungen und zog sich nicht in sich zurück. Lillian hielt ihn für einen sanften Wilden, einen leidenschaftlichen Kannibalen. Die Mutterschaft hatte Lillian auf die Selbstaufgabe vorbereitet. Lillian übernahm alle seine Vernarrtheiten und seine Schwärmereien: Sie saß neben ihm am Tisch eines Cafés und betrachtete das orangene Zifferblatt einer Uhr, die Prostituierte mit dem Holzbein; sie spielte im Café de La Regence mit ihm an einem Tisch Schach, an dem Napoleon und Robespierre Schach gespielt hatten. Sie half ihm dabei, fünfzig Ausdrücke für »betrunken« zu sammeln und aufzuschreiben. Sie gab die klassische Musik auf und wurde Jazzpianistin. Für ihre Improvisationen, ihr Tempo und ihre Leidenschaften war kein Platz in der klassischen Musik.

Sie kümmerte sich um Jays Arbeiten; sie suchte in

den Läden von Paris nach der besten Farbe, lernte sogar, einige nach alten Rezepten selbst herzustellen. Sie kümmerte sich um seine Bedürfnisse. Sie ließ Siebdrucke von seinem Skizzenbuch anfertigen, nahm die Portfolios mit nach New York und verkaufte sie. Die Leute stellten Fragen über Jay. Sie lachten über die unerwarteten Geschenke, die er ihnen machte; ihnen gefielen die ungebundenen Seiten, die Überraschungen, denn dadurch bekamen sie das Gefühl, ein intimes privates Dokument mit ihm zu teilen, ein persönliches Skizzenbuch.

Seine Zimmer glichen sich überall: das einfache Eisenbett, die harten Kissen, das eine Glas. Den Glanz verliehen ihnen Orgien: »Wir wollen sehen, wie lange wir uns lieben können … wie lange, wie viele Stunden, Tage, Nächte.«

Als sie nach New York zurückkehrte, um ihre Kinder zu besuchen, schrieb er ihr: »Bin schrecklich lebendig, aber gequält und spüre genau, daß ich Dich brauche. Aber ich muß Dich bald wiedersehen. Ich sehe Dich strahlend und wunderbar vor mir. Ich möchte vertrauter mit Dir werden. Ich liebe Dich. Ich habe Dich geliebt, als Du gekommen bist und Dich auf den Bettrand gesetzt hast. Dieser ganze Nachmittag war ein warmer Nebel. Komm näher zu mir, ich verspreche Dir, es wird schön sein. Ich mag Deine Offenheit so sehr, die beinahe Demut ist. So etwas könnte ich nie verletzen. Ich hätte mit einer Frau wie Dir verheiratet sein sollen.«

Ein kleines, schäbiges Zimmer wie ein tiefer Alkoven. Augenblicklich war da Jays volle Stimme, das Gefühl, in warmes Fleisch zu sinken, und jede Regung des Körpers weckte neue Zentren des Genusses. »Alles ist gut, gut«, murmelte Jay, »war ich weniger brutal, als du erwartet hattest? Hat die Gewalt in meinen Bildern dich mehr erwarten lassen?« Diese Fragen verblüfften Lillian. Woran maß er sich? An einem selbstgeschaffenen Mythos von dem, was Frauen erwarteten?

In seinen Bildern war alles größer als in der Natur. Versuchte er etwas zu schaffen, was seinen Ausschweifungen entsprach? Wenn er in seinen Augen Vergrößerungsgläser trug, sah er sich dann im Leben als eine kleinere Gestalt?

Im selben Brief schrieb er: »Ich weiß nicht, was ich von Dir erwarte, Lillian. Aber es ist so etwas wie ein Wunder. Ich werde alles von Dir verlangen, sogar das Unmögliche, denn Du bist stark.«

Lillians geheime Schwäche wurde deshalb die Ursache ihrer Qual. Sie brauchte einen Spiegel, in dem sie das geliebte Bild sehen konnte. Vielleicht auch einen Schrein mit sich selbst auf dem Ehrenplatz. Die einmalige und unersetzliche Lillian (die sie für Larry gewesen war). Doch bei Jay war das unmöglich. Die ganze Welt strömte im Verlauf eines Tages durch ihn hindurch. Wenn Lillian zu ihm kam, mußte sie damit rechnen, daß auf ihrem Platz die unliebenswürdigste aller Frauen saß (oder in ihrem Bett lag) –

unterernährt, ungepflegt, anonym, gewöhnlich. Jay hatte sie aus einem Café mitgebracht, und ihre Anwesenheit ließ sich nur damit erklären, daß sie das Gegenteil von Lillian war. Dieser Frau schenkte er den Mantel, den Lillian in seinem Zimmer zurückgelassen hatte. Die Besucherin hatte einen kleinen, grauen, häßlichen Hund mitgebracht, und Jay, der Tiere haßte, war sogar zu dieser dreckigen, räudigen Promenadenmischung nett.

Denn Jays Freundlichkeit war sein Ausdruck der Anarchie. Sie stellte immer eine Herausforderung für jene dar, die er liebte, für jene, mit denen er zusammenlebte. Er verspottete alle Gesetze der Zuneigung. Er konnte Lillian nichts geben. Zu Außenstehenden war er immer großzügig. Auch zu Menschen, denen er nichts schuldete. Er schenkte Leuten, die nicht malten, Farben, bezahlte dem Mann, der bereits zuviel getrunken hatte, noch ein Glas; er schenkte seine Zeit jemandem, der es nicht zu schätzen wußte, und das Bild, das Lillian am besten gefiel, irgend jemandem, der zufällig ins Atelier kam.

Sein Geben verhöhnte alles Werten und Wählen. Er wollte den Wert dessen behaupten, was andere wegwarfen oder vernachlässigten. Sein bevorzugter Freund war nicht ein großer Maler, sondern der mittelmäßigste aller Maler, der Jay kopierte wie eine schlechte Karikatur, wie ein schwaches Echo. Er brummte seine Worte, wie Jay es tat, nickte mit dem Kopf, wie Jay es tat, er lachte, wenn Jay lachte. Sie

praktizierten zusammen Dadaismus: Alles war absurd, alles war ein Witz. Jay pries seine Bilder überschwenglich. (Lillian nannte ihn Sancho Pansa.)
Lillian fragte Jay interessiert: »Bewunderst du ihn tatsächlich so sehr? Ist er wirklich größer als Gauguin? Größer als Picasso?«
Jay lachte über ihre Ernsthaftigkeit. »O nein, ich habe mich von meinen Worten mitreißen lassen. Ich bin einfach in Fahrt gekommen. Ich glaube, eigentlich habe ich von meinen eigenen Bildern gesprochen. Ich genieße es zu täuschen, zu verwirren, zu widersprechen. Weißt du, im tiefsten Innern glaube ich an gar nichts.«
»Aber die Leute werden dir glauben.«
»Sie bewundern ohnehin die falschen Maler.«
»Aber du trägst zur Absurdität bei.«
Lillian hatte das Gefühl, daß Sancho überhaupt nicht existierte. Richtig, er zeigte ein Chinesengesicht. Aber als sie versuchte, Sancho kennenzulernen, fand sie ein ausweichendes Lächeln – ein Echo von Jays Lächeln –, Sympathie, die ein Akt der Höflichkeit war, eine Meinung, die beim leisesten Widerspruch aufgegeben wurde – einen Oberkellner bei einem Bankett, einen Dienstboten für den Mantel, einen Schatten auf dem Treppenabsatz. In seinen Augen lagen keine Botschaften. Wenn sie ihn berührte, spürte sie, daß sein Körper flüssig, nicht vorhanden, namenlos war. Allem, was Jay behauptete, stimmte er zu. Er imitierte Jays Abenteuer, doch Lillian hatte

das Gefühl, daß er weder Leben besessen noch verloren, es weder verschlungen noch ausgespuckt hatte. Er war die Wolle im Hausschuh, der Isolierstreifen am Fenster, der Filz auf der Klaviertaste, der Stoßdämpfer der Wagenfederung. Er war der unsichtbare Mann, und Lillian konnte ihr brüderliches Band nicht verstehen. Sie litt darunter, eine verkleinerte Kopie von Jay zu sehen, sein geschrumpftes Double.

»Mußtest du dich mit einer so häßlichen Frau einlassen«, fragte Lillian einmal, »unmittelbar, nachdem du mit mir zusammengewesen warst?«

»Ach das«, erwiderte Jay, »Reichel hält mich für gefühllos, amoralisch und undankbar. Er denkt, weil ich dich habe, bin ich der glücklichste Mann auf der Welt. Und seine Vorträge reizen mich. Also habe ich eine Rolle gespielt, um ihn zu schockieren. Ich sprach mit ihm über die Huren, und ihm blieb die Luft weg bei dem Gedanken, daß ich dir gegenüber so gefühllos sein könnte. Kannst du das verstehen? Ich weiß, es ist alles kindisch, aber nimm es nicht zu ernst.«

»Na, Sancho?« Sancho lachte hysterisch. Lillian nannte das »den Dorftrottel spielen«. Lillian lachte mit ihnen, aber nicht aus vollem Herzen.

»Ich finde meine eigene Welt«, sagte Jay, »einen gewissen Seinszustand, ein Universum des nur SEINS, wo man instinktiv wie eine Pflanze lebt. Ohne Willen. Die große Gleichgültigkeit, wie die des Hindus, der passiv wird, um die Samen in sich zur Blüte zu bringen. Irgend etwas zwischen dem Willen der Europäer und dem Karma der Asiaten. Ich möchte nur die Freude der Erleuchtung, die Freude dessen, was ich in der Welt sehe ... ich möchte nur die Schwingungen aufnehmen. Empfänglich für alles Leben sein. Bejahen. Alles aufnehmen. Einfach SEIN. Es war schon immer die Rolle des Künstlers, die Freude, die Ekstase zu enthüllen. Mein Leben war eine einzige lange Opposition gegen den Willen. Ich habe mich darin geübt, die Dinge geschehen zu lassen. Ich habe mich vor Arbeiten, Verantwortungen gedrückt und möchte in der Malerei das Loslassen von Willen und Anstrengungen zugunsten der Freude zeigen.«

Dies war das Klima, das er schuf und das Lillian ansprach – die Nachgiebigkeit des Körpers, die lokkeren Gesten, sich dem Fluß überlassen, Genuß suchen und davon genährt werden, anderen Genuß schenken. Wie geschickt Jay auswich, wenn etwas seinen Genuß bedrohte. Er hatte etwas geschaffen, was an der Oberfläche unberührt von der Angst seiner Zeit zu sein schien, doch Lillian spürte einen Fehler darin. Sie wußte nicht, was es war.

Der Fehler, so sollte sie später entdecken, lag darin, daß seine Welt wie die Welt eines Kindes von der Fürsorge, von der Hingabe anderer abhängig war, die sich bereit fanden, die Lasten zu tragen.

Jay erhielt einen Brief seiner ersten Frau, die von der außergewöhnlichen malerischen Begabung seiner inzwischen vierzehnjährigen Tochter berichtete.

Zuerst weinte Jay. »Ich kann ihr nicht helfen.« Er erinnerte sich, zu ihr gesagt zu haben, als sie fünf Jahre alt war: »Also vergiß nicht, ich bin dein Bruder, nicht dein Vater.« Jay verabscheute den Gedanken an Vaterschaft. Er bedrohte seinen Wunsch nach niemals endender Freiheit und Jugend.
»Laß sie hierher kommen und bei uns leben«, schlug Lillian vor.
»Nein«, erwiderte Jay, »ich will frei sein. Ich habe zu viel zu tun. Ich muß die Rahmen von meinen Bildern nehmen. Ich will, daß sie Teil der Wand werden ... ein langer Fries. Meine Farben sind dicht davor, über den Rand hinauszufliegen, und ich will keine Einschränkungen. Sollen sie fliegen!«
Während Lillian in der kleinen Küche neben dem Atelier das Abendessen zubereitete, schlief er ein. Als er aufwachte, hatte er Tochter und Schuldgefühle vergessen. »Ist das Abendessen fertig? Schmeckt der Wein?«
Wie schön, wenn seine Gleichgültigkeit ansteckend wäre, dachte Lillian. Er kann seine Tochter vergessen, aber ich kann meine Kinder nicht vergessen. Jeden Abend verlasse ich Jay und gehe zu meinen Kindern auf der anderen Seite des Ozeans, um ihnen gute Nacht zu sagen. Ich muß Jay dieselbe Art Liebe schenken wie meinen Kindern. Als gebe es für mich keine andere Form von Liebe außer Fürsorge und Hingabe.
Lillian verbrachte ihre ganze Zeit damit, Freunde zu

trösten, die er brüskiert hatte, seine Schulden zu bezahlen und zu verhindern, daß er einen zu hohen Preis für sein Rebellieren zahlte.

Als sie sich kennenlernten, las er Korrekturen in einer Zeitungsredaktion. Seine Bilder verkauften sich noch nicht. Unter dieser Arbeit litten seine Augen. Wenn er in sein Zimmer kam, badete er sich als erstes die entzündeten Augenlider. Lillian sah ihn an, sah die rotgeränderten Augen, die meist lachten, jetzt aber vor Erschöpfung stumpf wirkten und tränten. Diese Augen brauchte er für seine Arbeit, und er verdarb sie sich mit Korrekturlesen bei schlechtem Licht und gräulichem Papier. Diese Augen brauchte er, um die ganze Welt und ihre ganze Fülle von Bildern zu trinken.

»Jay«, sagte Lillian und hielt ihm ein Glas Rotwein hin. »Trinke auf das Ende deiner Arbeit bei der Zeitung. Du wirst nie mehr dort arbeiten müssen. Ich verdiene genug für uns beide, wenn ich jeden Abend spiele.«

Manchmal wirkte er wie ein Gnom, wie ein Satyr, und dann wieder wie ein ernster Gelehrter. Im Verhältnis zu seinem Überschwang wirkte sein Körper zerbrechlich. Er hatte einen ungeheuren Lebenshunger.

Seine Eltern hatten ihm Geld gegeben, um das College zu besuchen. Er steckte es ein und zog durch ganz Amerika, nahm jede Arbeit an, die sich ihm bot, arbeitete manchmal nichts, schloß sich Landstreichern an, reiste als Anhalter, war Obstpflücker und Tellerwäscher; er suchte Abenteuer, um Erfahrungen zu sammeln. Seine Eltern sah er lange Jahre nicht mehr. Mit einem Schlag hatte er sich von seiner Kindheit und Jugend, von seiner Vergangenheit befreit.

Welcher Reichtum, dachte Lillian, welch ein reißender Strom. Er schleuderte seine Arbeit wie Lava in eine vom Verstand unterkühlte Welt und erhöhte dadurch die Temperatur in seiner Umgebung.

»Lillian, wir wollen auf meine Pissoir-Periode trinken. Ich habe die Freuden des Urinierens gemalt. Es ist herrlich zu urinieren und dabei zum Sacre Cœur hinaufzublicken und an Robinson Crusoe zu denken. Noch schöner ist es im Pissoir des Jardin des Plantes, während die Löwen brüllen, und die Affen hoch oben in den Bäumen zusehen und mich manchmal imitieren. In der Natur ist alles gut.«

Jay liebte die brodelnden Straßen. In den Straßen fühlte er sich immer glücklich. Er merkte sich Straßennamen mit einer Verliebtheit, als seien es die Namen von Frauen. Er hatte ein persönliches Verhältnis zu ihnen; er bemerkte Straßen, die verschwanden und Straßen, die entstanden. Er führte Lillian in die Rue d'Ulm, die wie ein Gedicht von Edgar Allan Poe, in die Rue Feuillantine, die nach einem Blättersoufflé klang, an den Quai de Valmy, wo die Kähne in den Schleusen geduldig darauf warteten, daß sie sich öffneten, während die Frauen an Deck ihre Wäsche aufhängten, die Blumentöpfe gossen und die Spitzenvorhänge bügelten, um die Flußkähne eher wie ein Haus auf dem Lande aussehen zu lassen. Rue de la Fourche wie der Dreizack Neptuns oder des Teufels. Rue Dolent mit der Klagemauer, die das Gefängnis umgab. Impasse du Mont Tonnere! Wie er die Impasse du Mont Tonnere liebte. An der Ecke wachte ein kleines Café mit drei runden Tischen auf dem Gehweg. Ein verrostetes Eisentor, das sich früher einmal den Droschken geöffnet hatte, stand jetzt offen. Ein Hotel voller Algerier, die in einer nahegelegenen Fabrik arbeiteten. Rostige algerische Stimmen, monotone Lieder, Rufe, würzige Düfte, tödliche Auseinandersetzungen, Messerstiche.

Nachdem sie das Eisentor hinter sich gelassen hatten und über die holprigen Pflastersteine gingen, befanden sie sich im Mittelalter. Hunde wühlten im Abfall, Frauen gingen in Hausschuhen einkaufen. Eine alte Concierge starrte durch halbgeschlossene Fensterläden; sie hatte die Haut einer Mumie, und ihr eingefallener Mund brabbelte unverständliche Worte. »Zu wem wollen Sie?« Die klassische Frage einer Concierge. Jay erwiderte: »Zu Marat, Voltaire, Mallarmé, Rimbaud.«

»Immer wenn ich eine Concierge sehe, muß ich daran denken, daß man im Mittelalter eine Katze in ein neugebautes Haus einmauerte, denn das sollte Glück bringen. Ich glaube, das sind die Katzen, die zurückgekommen sind, um sich zu rächen, indem sie Post verlieren und den Besuchern falsche Auskünfte geben.«

Durch einen Eingang, der so eng und dunkel war wie die Eingänge der Mayagräber, erreichten sie freundliche Innenhöfe mit blühenden Topfpflanzen und einem gesprungenen Fenster, von dem man erwartete, Ninon de L'Enclos würde es im nächsten Moment öffnen. Das kleine Fenster, das schiefe Gebälk, das graue, überhängende Schieferdach waren so oft gemalt worden, daß sie fixiert, verewigt, Vergangenheit geworden waren, wie die muschelfarbenen Wolken, die zeitlos am Himmel schwebten und von keinem launischen Windstoß davongetrieben werden konnten.

Jay saß an dem kleinen Tisch mit den Kaffeeflecken wie ein Jäger auf der Pirsch nach Abenteuern. Lillian sagte: »Maler und Schriftsteller haben diese Plätze und Menschen so sehr überhöht, daß sie lebendiger zu sein scheinen als die Menschen und Häuser der Gegenwart. Ich kann mich an die Worte von Léon Paul Fargue besser erinnern als an Worte, die ich heute höre. Ich höre das Geräusch seines unermüdlichen Stocks auf dem Pflaster deutlicher als meine eigenen Schritte. War ihr Leben wirklich so reich und intensiv, oder haben die Künstler es in schöneren Farben gemalt?«

Für Suzanne Valadon, die Mutter Utrillos, hatten

Zeit und Kunst mehr getan, als Jay je für Sabina tun würde. Aroma durch Hinzufügen, Poesie durch Akzentuierung. Die Künstler jener Zeit stellten ihre Motive in ein Licht, das uns immer wieder aufs neue bezaubert, von ihrer Liebe lassen wir uns immer wieder anstecken. Durch die Umkehrung, die Jay nicht verstand, jedoch mit vielen anderen Künstlern seiner Zeit teilte, vermittelte er *seine* Unfähigkeit zu lieben. Es war *sein* Haß, den er malte.

Jay hatte einmal erzählt: »Ich kam mit dem Schiff hier an, das die Sträflinge auf die Teufelsinsel bringt. Und ich dachte daran, wie merkwürdig es wäre, wenn ich sie als ein Mörder begleiten würde. Es war in Marseille. In einem Café hatte ich zwei Frauen aufgetan, und wir fuhren nach einem Abend in den Nightclubs im Taxi nach Hause. Die eine warnte mich immer wieder davor, mich übers Ohr hauen zu lassen. Vor dem Hotel verlangte der Taxifahrer einen absurd hohen Preis. Ich stritt mich mit ihm. Ich war sehr wütend, aber trotzdem war mir in diesem Moment bewußt, daß ich ihn mit einer erschreckenden Intensität ansah, als wolle ich ihn umbringen. Aber da war noch etwas. Mein Haß war wie eine Lupe, die alle Einzelheiten aufdeckte: sein großporiges fleischiges Gesicht, seine Leberflecken, aus denen Haare wuchsen, die klebrigen Haare, die ihm in die Stirn fielen und die trüben pernodfarbenen Augen. Schließlich einigten wir uns. In derselben Nacht träumte ich davon, ihn zu erwürgen. Am nächsten

Tag malte ich ihn, wie ich ihn im Traum gesehen hatte. Es war, als hätte ich den Mord wirklich begangen. Die Leute werden das Bild schrecklich finden.«
»Nein, vermutlich werden sie es lieben«, erwiderte Lillian. »Djuna sagt, der Verbrecher befreit die anderen von ihrem Wunsch zu morden. Er agiert die Verbrechen der Welt aus. In deinem Bild enthüllst du den Wunsch von Tausenden. In deinen erotischen Zeichnungen tust du dasselbe. Die Menschen werden deine Freiheit lieben.«
Im Morgengrauen standen sie auf der Place du Tertre inmitten von Häusern, die zu zerfallen, zu versinken schienen, nachdem sie so lange die Fassaden der Utrillo-Häuser gewesen waren. Drei Polizisten patrouillierten in der Nähe. In der dunstigen Morgendämmerung begann ein Straßentelefon hysterisch zu klingeln. Die Polizisten rannten darauf zu.
»Jemand hat deinen Mord begangen«, sagte Lillian. Zwei Kellner und eine Frau liefen hinter den Polizisten her. Das laute Klingeln hörte nicht auf. Einer der Polizisten nahm den Hörer ab und beantwortete eine Frage: »Nein, keineswegs, keineswegs. Kein Grund zur Sorge. Alles ist völlig ruhig. Es ist eine sehr ruhige Nacht.«
Lillian und Jay saßen auf dem Bordstein und lachten. Worin Jays Geheimnis der Freiheit auch liegen mochte, er konnte es mit Lillian nicht teilen. Sie konnte sich nicht davon anstecken lassen. Lillian spürte nur Jays geheime Bedürfnisse. »Lillian, ich

brauche dich. Lillian, sei mein Schutzengel. Lillian, ich brauche Ruhe und Frieden, um arbeiten zu können.« Liebe, Treue, Aufmerksamkeit, Hingabe ließen immer dieselben Schranken, dieselben Begrenzungen, dieselben Tabus um Lillian entstehen.

Jay wich den Momenten der Schönheit in den Menschen aus. Er hob ihre Ähnlichkeit mit Tieren hervor. Er gab ihnen schlaffes Fleisch, Warzen, ölige Haare, Klauen anstelle von Nägeln. Schönheit war ihm so verdächtig wie einem Puritaner Schminke, wie einer Menschenmenge die Taschenspieler. Er hatte die Natur von der Schönheit getrennt. Natur bedeutete Nachlässigkeit, schlampige Kleider, unfrisierte Haare, Häßlichkeit.

Lillian war verwirrt durch die ungeheure Diskrepanz zwischen Jays Motiven und seinen Bildern. Sie gingen zusammen an der Seine entlang. Lillian sah sie silbrig grau, sanft, glitzernd; Jay malte einen dunklen schlammigen Fluß, an dessen Ufer Weinkorken und Unkraut im stehenden Wasser schwammen.

Jay hatte eine obdachlose alte Frau entdeckt, die jede Nacht an derselben Stelle mitten auf dem Gehweg vor dem Pantheon schlief. Sie hatte einen Metroschacht entdeckt, aus dem Wärme aufstieg, manchmal aber auch fahler Rauch, und dann hatte man den Eindruck, sie brenne. Die Frau lag dort sehr ordentlich: Ihr Kopf ruhte auf der Einkaufstasche mit ihren Habseligkeiten, das braune Kleid war über die Knö-

chel gezogen und das Umschlagtuch sorgfältig unter dem Kinn gebunden. Sie schlief ruhig und würdevoll wie in einem Bett. Jay hatte ihre schmutzigen, zerkratzten Füße gemalt, die Hühneraugen auf ihren Zehen, die schwarzen Fußnägel. Er ignorierte die Geschichte, die Lillian gefallen hatte, und die ihr im Gedächtnis blieb: Als man versuchte, die Frau in ein Altersheim zu bringen, hatte sie das mit der Begründung abgelehnt: »Ich bleibe lieber hier, wo alle großen Männer Frankreichs begraben sind. Sie leisten mir Gesellschaft, sie wachen über mich.«
Lillian mußte dabei an die talmudischen Worte denken: »Wir sehen die Dinge nicht wie sie sind; wir sehen die Dinge, wie wir sind.«
Jays chaotisches Leben, sein Dadaismus und seine Widersprüche verwirrten Lillian manchmal so sehr, daß sie auf Djunas Klarsicht angewiesen war. Jays »Realismus«, sein Drang bloßzulegen, zu entlarven, wie er sagte, sein Bedürfnis nach Realität schienen ihr nicht so real zu sein wie Djunas intuitive Interpretationen Jays und ihres Handelns.
Lillian besaß kein Vertrauen in sich als Frau. Sie glaubte, es läge daran, daß ihr Vater sich keine Tochter, sondern einen Sohn gewünscht hatte. Sie hielt sich nicht für schön und zog als Mädchen gern die Sachen ihres Bruders an; anfangs, um ihrem Vater zu gefallen, und später, weil es ihr ein Gefühl der Kraft verlieh, das ihr ermöglichte, den Problemen des Frauseins zu entfliehen. Mit den Jeans ihres Bruders,

mit kurzen Haaren, einem dicken Pullover und Tennisschuhen zog sie etwas von der Selbstsicherheit ihres Bruders an, gewann sie die Überzeugung, daß Männer ihr Schicksal selbst in die Hand nahmen und Frauen nicht. Sie benützte die Kleidung eines Mannes wie die Naturvölker Masken, um Feinde zu vertreiben. Aber das geheimnisvolle Spiel, das sie spielte, war zu geheimnisvoll. Gib vor, ein Junge zu sein, obwohl du dir nichts sehnlicher wünschst, als von einem Jungen geliebt zu werden. Agiere als aktive Liebende, damit der Geliebte begreift, daß du dir seine Aktivität wünschst. Sie spielte die aktive Liebende, nicht, weil sie die Aggressive war, sondern weil sie demonstrieren wollte ...

Da ihr Vater gewünscht hatte, sie wäre ein Junge, glaubte sie, einige maskuline Eigenschaften erworben zu haben: Mut, Aktivität. Wenn sie die Rolle wechselte, empfand sie größeres Selbstvertrauen. Sie glaubte, eines Tages könnte eine Frau sie wegen anderer Eigenschaften lieben, da Frauen die Männer wegen ihrer Stärke, ihrer Intelligenz oder ihres Verstandes liebten.

Sabinas Erscheinen – zunächst als Jays Modell, dann aber mehr und mehr in ihrem gemeinsamen Leben –, ihr chaotischer und unwiderstehlicher Sog, riß Lillian davon, in etwas, das Leidenschaft zu sein schien. Mit Djunas Hilfe erkannte Lillian jedoch das wahre Wesen dieser Beziehung. Es war das Verlangen nach einer unmöglichen Einheit: Sie wollte sich in Sabina verlieren und zu Sabina WERDEN. Den Wunsch, Sabina zu SEIN, hielt sie fälschlicherweise für die Liebe zu Sabinas nächtlicher Schönheit. Sie wünschte sich, neben ihr zu liegen, sie zu werden, eins mit ihr zu sein, und sich zusammen mit ihr als EINE Frau zu erheben. Lillian wollte sich Sabina hinzufügen, die Frau in sich verstärken, die versunkene Frau, wollte die Frau Lillian erhöhen, die sie nicht ganz befreien konnte. Sie wollte mit Sabinas Freiheit verschmelzen, ihrer Fähigkeit, spontan zu handeln, ihrer Gleichgültigkeit gegenüber den Konsequenzen. Sie wollte ihr widerspenstiges Haar mit Sabinas schmiegsamen Haaren glätten, ihre rauhere Haut durch die Berührung von Sabinas seidiger Haut zarter machen, ihre blauen Augen an Sabinas rehbraunen Augen entflammen, Sabinas Stimme anstelle der eigenen trinken und als Sabina verkleidet ihren Körper endgültig aufgeben, um eine der Frauen zu werden, die ihr Vater so sehr liebte.

Sie hatte in Sabina eine ungeborene Lillian geliebt. Wenn sie sich Sabina hinzufügte, würde sie eine weiblichere Frau. In Sabinas Gegenwart empfand sie sich lebendiger. Sie wählte einen Körper, den sie lieben (da sie dem eigenen skeptisch gegenüberstand), eine Freiheit, der sie folgen konnte (die *sie* nie erreicht hatte), ein Gesicht, das sie bewundern konnte (da das eigene ihr nicht gefiel). Sie hielt die Liebe für fähig, solche Metamorphosen zu bewirken.

Diese Gefühle waren verschwommen, unformuliert, bis sie eines Nachts zu dritt ausgingen, und Sabina eine ganze Flasche Pernod trank. Sie wurde schrecklich krank. Jay und Lillian nahmen sich ihrer an. Sabina fiel beinahe in ein Delirium. Sie neigte ohnehin zu Fieber, und Lillian bemerkte erschreckt, daß ihr Gesicht von innen heraus zu verbrennen schien. Sie legte sich neben Sabina, um bei ihr zu wachen. Jay schlief im Atelier.

Nach der ersten Version, die Jay sich aus Sabinas nekkenden und Lillians ausweichenden Worten zusammenreimte, glaubte er, sie seien seinetwegen aufeinander eifersüchtig geworden, und das habe sie entzweit. Doch das war nur die Oberfläche. Später erkannte Lillian ein anderes Drama.

Konfrontiert mit einer Frau erkannten sowohl Sabina als auch Lillian, daß sie zwar Nähe, aber kein Verlangen empfanden. Sie hatten sich geküßt, mehr aber auch nicht. Sabina wollte Lillians Unerfahrenheit, als wolle sie ihr eigenes Leben noch einmal neu beginnen. Beide wollten sie etwas nicht Konkretes. Das ließ sich Jay nicht erklären, der alles vereinfachte und auf Handlungen reduzierte. Er konnte Stimmungen, Geheimnisse und so etwas wie Atmosphäre nicht verstehen.

Die wahre Brücke der Faszination war die Erkenntnis, daß in Sabina eine Lillian schlief. Diese Lillian hatte Jay nicht erwecken können; es war die befreite Lillian, und er brauchte die hingebungsvolle Lillian. Sabina war ein Stück Freiheit – mit jeder ihrer Ge-

sten, mit jedem ihrer Worte. Sie war frei von Treue, von Aufrichtigkeit, Dankbarkeit, Hingabe, Pflichten, Verantwortung und Schuldgefühlen. Selbst die Rollen, die sie spielte, wählte sie selbst.
Angesichts der möglichen Erfüllung ihrer Phantasien von der Nähe zu einer Frau wollte keine von beiden einen Schritt weitergehen. Sie erkannten die Komödie ihrer gegenseitigen Vorspiegelungen. In ihrem Mut zu jeder neuen Erfahrung, in ihrer Anmaßung, Jays Rolle zu spielen, lag etwas Absurdes. Sie konnten ihrer Weiblichkeit, ihrer Frauenrolle nicht entfliehen, gleichgültig, wie schwierig oder vielschichtig sie auch sein mochte.
Die Geschichte, die schließlich durchsickerte, war mystisch, poetisch und dramatisch verklärt. Es wurde immer schwerer, die Wahrheit zu enthüllen, weil sie soviel einfacher, soviel menschlicher war. Lillian hütete das Geheimnis, denn sie glaubte, Jay würde Sabina so mehr lieben. Jay glaubte, Sabina liebe Frauen, und dies erkläre ihre wasserdichten Kammern.
Was hätte Jay von ihrem Zögern, ihrer Unbeholfenheit, ihrer Verwirrung gehalten? Möglicherweise hätte er sie beide ausgelacht. Sie hatten Rollen gespielt: Sabina die ihre mit Capes, Schminke, verspätetem Eintreffen, dramatischen Effekten, plötzlichem Verschwinden und Geheimnissen, Lillian die Rolle, die ihr das natürliche und ehrliche Auftreten diktierte. »Von dir erwarte ich Ehrlichkeit«, sagte

Jay. Alle wußten, Sabina war eine Schauspielerin. Alle glaubten, Lillian sei aufrichtig.
Lillian liebte Sabinas Beweglichkeit, und sie wollte gern selbst so sein. Als sie glaubte, eine Frau zu umwerben, umwarb sie Sabinas Begabung, allem zu entfliehen, was sich dem Fluß der Leidenschaft entgegenstelle, was das Leben als Abenteuer störte. Sabina und Lillian küßten sich ein einziges Mal. Der Kuß war sanft und schön, doch es war, als berühre man den eigenen Körper. Es ereignete sich an der Peripherie ihrer Körper, nicht im Kern. Sabina sah gerührt Lillians Verwirrung und lächelte triumphierend.
Lillian hatte geglaubt, ihre Liebe zu Sabina würde einen wunderbaren alchemistischen Prozeß in Gang setzen. Aber in jener Nacht kam es nicht zur Liebe zwischen Frauen. Beide hofften sie auf einen Austausch ihrer Ichs.
Jay interessierten Sabinas Gefühle.
Doch es gab so vieles, was Lillian Jay nicht sagen konnte, so vieles, was er nicht hören wollte. Jay glaubte, er könne durch das Säurebad der Wahrheit Sabinas Kraft zersetzen. Er versuchte, ihre Macht auszutreiben.
Jay hätte nie geglaubt, daß sie daran gedacht hatten sich zu verbünden, weil sie sich unvollständig, bloßgestellt und weniger stark fühlten, als er sie sah. Jay war taub gegenüber solch geheimen Schwächen, Bedürfnissen und Augenblicken der Hilflosigkeit.

Er hätte nicht geglaubt, daß sie beide wie von einer Schwester oder einer Mutter wegen seines unberechenbaren Verhaltens, seines dauernden Verrats getröstet werden sollten.

Antiphonische Musik divergierender Begierden, die nicht abriß. Jay, der Eindringling, suchte eine Wahrheit, die zu sehr schwarz-weiß war. Und der Schlüssel lag in vorgefertigten Mythen, die mit verschleierten Gesichtern, stumm und nicht erkennbar in Träumen auftauchen.

Schließlich griff Djuna die Fäden auf, trennte jeden einzelnen behutsam von Schmerz, Blindheit und dem Schmerz der Blindheit. Wie seltsam, in diesem Licht hoch über der Erde durch Regionen des Bewußtseins zu fliegen, in die Djuna sie mitgenommen hatte, indem sie Lillian eine Methode des Aufsteigens beibrachte. Djunas Worte, Djuna, die Pilotin der Sprache, die Fluggesellschaft für erdgebundenes Leben.

Lillian war eine Zeitlang Jay und Sabina treu ergeben. Was wollte Jay? Sie beide besitzen? Lillian erinnerte sich an seinen Brief: »Du bist wirklich stark. Ich warne Dich, ich bin kein Engel. Ich bin unersättlich. Ich werde das Unmögliche von Dir fordern. Was, das weiß ich nicht.«

Ein paar Jahre später verlangte er von ihr, Verständnis für Sabinas Auftauchen zu haben – zuerst auf seinen Bildern, später auch in ihrem Leben. Lillian sollte ihm sogar helfen, Sabina kennenzulernen.

Kurz bevor sie Paris endgültig verließ und auf Jay verzichtete, sagte Lillian zu ihm: »Jetzt ist die Zeit gekommen, um dir etwas von der Sabina zu erzählen, die ich kenne, denn dadurch wirst du sie mehr lieben. Mir war ein kurzer Blick auf Sabinas Unschuld erlaubt. In jener Nacht ... hatten wir beide davon geträumt, unseren Körpern, unseren Prägungen zu entfliehen. In einem gewissen Stadium der Verzückung schwinden alle Grenzen, selbst die der Identität. Auch Sabina war unbeholfen, auch sie wußte nicht, wie sie sich einer Frau gegenüber verhalten sollte. Sie wiederholte immer wieder: ›Ich möchte so gern am Anfang von allem stehen, als ich noch glauben konnte. Ich wäre gern wie du am Anfang aller Erfahrung, wenn man in der Lage ist, sich vertrauensvoll zu schenken.‹ Sabina wollte meine Unschuld, und was wir wollen, das sind wir. Ich ... mein ganzes Leben lang konnte ich kaum atmen oder leben, aus Angst, jemanden zu verletzen. Ich hatte gesehen, wie Sabina sich nahm, was sie wollte, und deshalb geliebt wurde. Ich wollte mich bei ihr mit dieser Verantwortungslosigkeit anstekken. Jetzt wirst du sie noch mehr lieben.«
»Nein«, erwiderte Jay, »weniger. Denn sie hätte mir nie gesagt, was du mir gesagt hast. Was du beschreibst ... könnte ich niemals hassen. Darin liegt eine gewisse Schönheit. Mir ist gerade klargeworden, daß alles, was ich dir gegeben habe, im Vergleich dazu grob und gewöhnlich war.«

»Nein Jay, du hast mich zu einer Frau gemacht. Sabina hätte mich in den Zustand der Halbfrau zurückgestoßen, die ich war, bevor ich dich kennenlernte.«

»Von der Liebe abgesehen, waren wir auch Freunde. Sabina und ich werden niemals Freunde sein. Ich hasse ihre unnötigen Komplikationen.«

»Aber sie interessieren dich. Sie sind deine Drogen. Das konnte ich dir nicht geben. Ich habe dir etwas Gewöhnliches gegeben. Ich bin keine Droge.«

Lillians Blick fiel auf die graublonden Haare in seinem Nacken, und sie fühlte sich beinahe in der Lage, an seiner Seite zu bleiben, während er seine Leidenschaft für Sabina auslebte. Aber sie war sich zu sicher, daß der Körper Sabinas doch triumphieren würde. Jay und Sabina paßten auf der Ebene der Gewalt besser zusammen. Aber was würde aus dem zärtlichen Jay werden, den Lillian kennengelernt hatte?

Deshalb sagte sie: »Ich muß zu meinen Kindern. Adele ist krank.«

»Was immer du tust, es ist richtig. Zum ersten Mal sehe ich etwas von Schönheit darin.«

Das Flugzeug flog nun durch die Nacht. Manchmal bebte es, als sei die Anstrengung, Höhe zu gewinnen, zu groß gewesen.

Jays ganze Sorge hatte darum gekreist, der Liebhaber der ganzen Welt zu sein, alles zu benennen, was sie enthielt, alles mit seinen breiten, kräftigen Händen zu liebkosen, zu ergreifen und in Besitz zu nehmen. Djuna beschäftigte nur die Länge und Breite und Höhe der Menschen in ihren Beziehungen zueinander.

Eine Zeitlang kam es Lillian vor, als fliege sie in einem Sturm. Die Leuchtschrift forderte sie auf, den Sitzgurt anzulegen. Andere Passagiere schliefen angeschnallt, im Vertrauen darauf, daß sie sicher die Erde erreichen würden. Lillian schob den Vorhang beiseite und blickte durch das runde Fenster in den unendlichen Raum hinaus, wo die Sorgen ihr Gewicht zu verlieren schienen. Sie blickte auf den Mond, als wolle sie sich mit ihm verständigen, als würde er ihr versichern, daß die Stürme der Erde ihr nichts anhaben konnten. Während sie aufmerksam den Mond betrachtete, schien das Flugzeug ruhiger zu fliegen.

In diesem Jahr richtete sich die Aufmerksamkeit aller Menschen auf den Mond. »Ohne Zweifel wird der Mond der erste erforschte Himmelskörper sein.« Wie wenig wissen wir doch immer noch über die Menschen, dachte Lillian. Alle Teleskope richten sich in die Ferne. Aber niemand ist bereit, den Blick nach innen zu wenden.

Während ihrer Ehe hatte sie nur soviel von Larry gesehen, wie er ihr erlaubte zu sehen: Riesige Albatrosflügel, die Flügel seiner Güte. Sie war nicht in der Lage gewesen, darüber hinaus oder über ihren Rand zu blicken. Larry hatte daran mitgewirkt. Er bot ihr nur seine Güte. Er sagte nie: »Ich will, ich

möchte, ich nehme«, sondern: »Was willst du, was möchtest du?« Er versperrte bewußt jeden Einblick in sein Wesen.
»Der Mond ist der Nachbar der Erde.«
Sie hatten Seite an Seite geschlafen. In der Nacht oder im Morgengrauen war sein Körper dagewesen. Sie hatte seine Ausstrahlung gespürt. In Larrys Stimme lag Zärtlichkeit, sein Mitgefühl war tropischer Balsam, und seine Güte ein Universum. Seine Aufmerksamkeit machte sie blind. Falls er ein anderes Leben, andere Ichs besaß, dann wendete er Lillian wie ein Planet nur ein Gesicht zu.
»Eine Rakete, die monatelang unterwegs wäre, um einen der Planeten zu erreichen, könnte in einem oder zwei Tagen auf dem Mond sein.«
»Eine Instrumentenstation auf dem Mond könnte die Verbindung mit der Erde leichter aufrechterhalten als eine Station auf dem Mars oder der Venus.« Es war nicht notwendig, um Larry zu kreisen, nach Paris, nach Mexiko zu gehen. Endlich konnte sie Larrys Botschaften empfangen!
»Forschern, die sich mit den bemerkenswerten Entwicklungen der modernen Astronomie und Physik beschäftigen, war der Mond als eine tote und unveränderliche Welt erschienen.«
Aber nur, weil sie nicht hinter die Maske geblickt hatte. Die undurchdringliche Zone um Larry war seine Güte gewesen. Sie war selbstlos, beinahe anonym. Larry war nur vorhanden, wenn man ihn rief,

und er wurde nur gerufen, wenn man Kummer hatte. Lillian hatte das verzerrte Bild fixiert, doch Larry hatte die Maske dazu beigesteuert.
»Der Mond ist astronomisch ein Stein. Da seine Oberfläche die Aufzeichnungen alter Ereignisse bewahrt hat, enthält er den Schlüssel zum Sonnensystem.«
Der Schlüssel zu ihrer Ehe? Larry war unwandelbar geworden.
Lillian dagegen war »aus der Luft und dem Wasser geschaffen, die das Leben auf der Erde ermöglichen, die ununterbrochen die Oberfläche unserer Planeten abtragen. Vorgänge im Innern der Erde lassen Gebirgsketten entstehen, die von den Kräften der Erosion zerstört werden, und die Zyklen von Entstehen und Abtragen in aufeinanderfolgenden Epochen verwischen die Aufzeichnungen der Vergangenheit«. Das war in planetarischen Begriffen ein Porträt von Lillians innerem Aufruhr! Und von Larrys Konservierung der Vergangenheit, von ihrem Zusammenleben.
»Der Mond besitzt andererseits weder eine Atmosphäre noch Meere, und er war nie der Erosion durch Wind und Wasser ausgesetzt. Außerdem weisen die kreisförmigen Formationen, die die Topographie des Mondes beherrschen, darauf hin, daß die Mondkruste niemals diese gewaltsamen Veränderungen erlebt hat, die auf der Erde zur Bildung von Gebirgen führten.«

Larry hatte sich bemüht, Lillians Forschungen eine solche unzerstörte Oberfläche zu bieten. Doch die Ruhe war ebenso eine Maske gewesen wie Sabinas theatralischere Verkleidungen. Was fühlst du? Wo bist du? Teilst du meine Begeisterung, meine Freundschaften?

Was hatte Larry so weit von der Erde, vom Leben der Menschen weg und in die Rolle des Zuschauers getrieben? Was hatte ihn dazu gebracht, sich mit einer Atmosphäre der Selbstlosigkeit zu umgeben, in der man nicht atmen konnte, und sich dann von seinem Körper zu lösen? Es gab Vorfälle, die Lillian kannte. Aber sie hatte sie nie miteinander in Verbindung gebracht. Zum ersten Mal landete sie auf diesem neuen Planeten Larry. »Auf jeden Fall ist ein Planet bei seiner Geburt kalt.« Die Mutter hatte seine Geburt nicht gewollt. Dies war die erste Ablehnung. Er war ungerufen von der Liebe gekommen, und der Vater lehnte ihn eifersüchtig ab.

»Eine kalte Geburt schließt eine spätere Erhitzung und das Schmelzen planetarischer Körper durch radioaktive Elemente, die sie enthalten, nicht aus.«

Das Kind, durch eine solche »kalte Geburt« gehemmt, suchte Wärme, indem es von zu Hause davon und in die Hütten der Schwarzen lief, die in der Nähe lebten und für seinen Vater arbeiteten. Sein Vater bohrte in Brasilien Öl für eine amerikanische Gesellschaft.

Seine blasse Mutter hatte blaßblaue Augen und trug

weiße Kleider, die Hals und Arme bedeckten, und die die Nähmaschine mit tausend engen, überlappenden Stichen überzogen hatte, die jeden Zentimeter in einer Technik fixierten, die man »Fälteln« nannte, als fürchte sie, der Stoff könne sich bauschen, bewegen, wie ein Fallschirm davonfliegen.

Der Vater hielt viel von ständiger Arbeit und wenig von Müßiggang oder Träumereien. Er nahm die Zeit des Universums, indem er ständig die Uhr herauszog wie ein Kampfrichter beim Wettlauf. Seine Mutter wurde von Ängsten beherrscht. Jedes Vergnügen war gefährlich. Schwimmen führte zum Ertrinken, Feuerwerkskörper konnten einem den Finger abreißen, die Jagd auf Leuchtkäfer konnte eine Klapperschlange reizen, und der Umgang mit den einheimischen Kindern machte einen zu einem »Wilden«.

Larry lief zu den Hütten der Schwarzen, weil er die Wärme der Stimmen, die Wärme der Gesten und die Wärme des Essens suchte. Er liebte die halbnackten Menschen und das weiche Lachen. Das Zuhause schien dort ein Nest mit wohltuender Körpernähe zu sein. Zärtlichkeiten wurden verschwenderisch geschenkt. Alles summte vor Zufriedenheit, gurrte wie die Tauben. Gewaltausbrüche kamen und gingen wie tropische Stürme, ohne Spuren zu hinterlassen. (Bei ihm zu Hause zog ein Streit wochenlanges Schweigen und Feindseligkeit nach sich.) Larry erlebte bei den Schwarzen zum ersten Mal menschliche Nähe. Er warf seine engen Kleider ab. Die schwarze Mutter war seine Amme. Sie lächelte über seine helle Haut. Ihr geblümtes Baumwollkleid roch nach Gewürzen, und sie bewegte sich so mühelos wie eine Baumwollflocke. War sie glücklich, wogte ihr Körper vor Lachen. Die wie Segel geblähte Wäsche war farbenfroher als ein Regenbogen.

Und doch verriet sie ihn.

Larry hatte mit den nackten dunklen Kindern gespielt. Nach dem Schwimmen in den verbotenen Lagunen und Flüssen hatten sie sich halb spöttisch, halb zärtlich ungeniert gegenseitig bewundert. Zu Hause wollte Larry diese Spiele mit seinem jüngeren Bruder wiederholen. Aber es war kein Schwimmabenteuer draußen auf dem Land zwischen Pflanzen, Gräsern und Schilf. Diesmal war es das Badezimmer. Larry glaubte, alle Erkundungen des Körpers könnten hier ebenso unbeschwert und fröhlich gemacht werden wie am Fluß. Sein jüngerer Bruder war so zart, sein Haar so weich und seine Haut so samtig wie die eines Mädchens. Vergnügt verglichen sie die unterschiedlichen Hauttöne, den Brustumfang, die Länge der Beine, die Stärke der Muskeln. Doch die Amme beobachtete diese wissenschaftlichen erotischen Forschungen durch das Oberlicht. Und etwas, worüber sie in der Natur gelacht hatte, meldete sie nun wie der Polizist an der Grenze eines verbotenen Landes.

Für Larry war das ein schockierender Verrat durch

die Welt, die er vertrauensvoll und heiß liebte, ein Verrat, der nicht daher kam, von wo er ihn vielleicht erwartet hätte, vom Vater mit den buschigen Augenbrauen und den zu tief liegenden Augen im müden Gesicht oder von der blassen Mutter mit den kühlen Augen, sondern von der geliebten schwarzen Mutter, die nach Gewürzen roch, barfuß lief und zärtliche Hände hatte. Ein solcher Verrat schleudert Menschen in den Raum hinaus, in eine sichere Entfernung von den Menschen. Durch Angriffe von seiten der menschlichen Spezies werden sie in den Raum hinauskatapultiert. Hätte die Amme nicht über den Drang der Kinder lachen können, die Wunder des Körpers zu erforschen? Hätte sie über ihre Spiele nicht ebenso lachen können wie über die Spiele beim Schwimmen? Legte sie nicht selbst immer wieder ihre warme trockene Hand auf seine kindlichen Schulterblätter und fuhr mit dem Finger durch seine Haare, um »ihre Seidigkeit zu spüren«? Mit ihr hatte er beinahe die Erde erreicht, mit ihr war er beinahe ganz in sein glühendes, geschmolzenes Leben hineingeboren worden.

Das Kind hat, entsprechend den Wogen der Feindseligkeit oder Angst, die es erlebt hat, den Platz seines Planeten im Raum, den Lauf seines Planeten bestimmt. Der Schmerz war das Instrument gewesen, das ihn auf die Umlaufbahn brachte und seinen Kurs bestimmte. Die Sonne, sowohl die goldene als auch die weiße und die schwarze hat ihn enttäuscht, und deshalb lebte er fortan in einer gemäßigteren Zone, im Zwielicht, wo er weniger Gefahren ausgesetzt ist. Lillian hatte sein Schweigen anfangs falsch gedeutet. Er nahm nur mit Kindern und Tieren Verbindung auf. Seine Abwesenheit (wenn ich nur wüßte, wo er sich aufhält, wenn er nicht da ist) bekümmerte sie. Sie ahnte nicht, was sie erst sehr viel später wußte, daß er als eine Sicherheitsmaßname die Peripherie aufsuchte, die schmerzfreie Zone, wo die Menschen ihn nicht erreichen konnten.

Der erste Verrat hatte ihn in den Raum hinausgeschleudert, und dort kreiste er in einer gewissen Entfernung von der Quelle und dem Ursprung des ersten Zusammenstoßes.

Lillian rechnete sich aus, welche Wirkung es auf ihn gehabt haben mußte, ein unerwünschtes Kind zu sein, welche Wirkung es gehabt haben mußte, sich eine Familie zu wählen und von ihr verraten zu werden. Die Atmosphäre von Fröhlichkeit und Freiheit hatte sich verändert. Als die Hütte der Schwarzen durch einen Brand vernichtet wurde, empfand er kein Bedauern. Als man ihn von dem brasilianischen Planeten nach England schickte, wurde er trotzig. Die Eltern waren zu der Ansicht gekommen, er dürfe nicht zu einem »Wilden« werden. Er brauchte Disziplin. Aber Larry zog die Trommeln bereits den englischen Liedern des sechzehnten Jahrhunderts vor. Er liebte das Stampfen nackter Füße mehr als tanzende hohe Absätze und Lackschuhe. Er liebte

leuchtendes Rosa, nicht die farblosen Kleider seiner Mutter. Er verbrachte seine Zeit gerne mit Träumen und haßte die ausgefüllten Tage seines Vaters.
In England tauchte er in die kalte Atmosphäre der Disziplin und des Puritanismus. Hier hatte die Schwester seiner Mutter die Uhr in der Hand – und auch eine Peitsche. Jedes Vergehen wurde schwer bestraft. Der lange Schulweg war zeitlich genau festgelegt. Der Kauf einer Wasserpistole galt als Verbrechen. Ein Mädchen an den Haaren zu ziehen oder ins Gras zu werfen war ein Verbrechen. Und gar erst das Geheimnis, wo ihre Beine anfingen, und die Frage, ob es in ihrem weiten Kleid eine Blumenkrone gab wie in einer Mondblüte ... Was immer es bei ihr zu essen gab, es schmeckte nach nichts, denn sie machte aus dem Essen eine Pflichtübung. Sie bemaß die Zeit und seinen Appetit und zwang ihn zum Gehorsam, so wie sie die Blumen zwang, zu einem bestimmten Zeitpunkt zu blühen.
Larry verschwand hinter einer Fassade des Gehorsams. Auf dem Mond gibt es ein Meer der Ruhe. Dort lebte Larry. Nicht die kleinste Welle kräuselte die Oberfläche. Nach außen paßte er sich vor seiner Ehe mit Lillian an. Da sie die Kindheit in Mexiko verbracht hatte, schien sie eine Botin der glücklicheren Tage in Brasilien zu sein.
»Die relative Glattheit der Mondoberfläche wirft eine Frage auf.«
Ein Großteil der Energien der Menschheit wurde

auf die Beantwortung solcher Fragen verwendet; Lillian verwendete ihre Energie darauf, Larrys Charakter zu formen. Der Verstand der Menschen richtete sich wie gebannt auf den Raum; Lillians Verstand richtete sich auf die verschlungenen Windungen von Larrys Gefühlen.
Ihre ungestüme Gegenwart wurde der Magnet. Sie rief ihn aus der Einsamkeit zurück. Sie interessierte sich für seine Gefühle, für sein Schweigen, für sein Zurückweichen. Dem ersten Wunsch der Mutter, er solle überhaupt nicht ins Leben kommen, setzte Lillian den Wunsch entgegen, er solle lebendiger und intensiver leben. Sie machte ein Spiel aus seinem Sich-Zurückziehen und gab vor, seine »Höhlen« zu entdecken. In ihrer Wärme und ihrem unerschütterlichen Glauben an seine Existenz wurde er wirklich geboren.
Wie schmal war die Gestalt, die er dem Blick der Welt bot, welch schmale Scheibe seines Ich, eine dünne Sichel, ein Achtel des Mondes in bestimmten Nächten. Lillian verlor die Gefahren einer erneuten Mondfinsternis nicht aus den Augen. Sie hörte, wie man es in konkreter Musik hören kann, das Echo im unermeßlichen Raum, das den neuen Dimensionen der Wissenschaft entspricht – ein Echo, das man in der klassischen Musik niemals hört.
Lillian spürte die Gefahr der Loslösung, die immer vorhanden ist, wenn der Ehemann die Rolle des Ehemanns spielt, der Wissenschaftler die Rolle des Wis-

senschaftlers, der Vater die Rolle des Vaters. Larry mußte auf dem Boden bleiben, er mußte einen Körper bekommen. Lillian atmete, lachte, bewegte sich für ihn, war für ihn stürmisch. Zusammen bewegten sie sich wie ein lebender Körper, und Larry wurde leidenschaftlich dazu getrieben, geboren zu werden – diesmal auf Dauer. Larry, Larry, was kann ich dir bringen? Vertrautheit mit der Welt? Lillian stand mit der Welt auf vertrautem Fuß, während er an einer Welt festhielt, deren einzige Bewohnerin oder zumindest herrschende Bewohnerin Lillian war. Welche Besessenheit, den Mond zu erreichen, weil es den Menschen nicht gelungen war, einander zu erreichen, und weil jeder ein einsamer Planet war! In der Stille, im Mysterium wurde ein Mensch geformt, zur Explosion gebracht, wurde von anderen vorüberziehenden Körpern getroffen, verbrannte und war verlassen. Und dann wurde er in der glühenden, flüssigen Liebe der Einen geboren, die ihn liebte.

Nachwort

Die zwei Gesichter des Todes in Anaïs Nins: Labyrinth des Minotaurus

Sie erwachen, um Wächter all der Lebenden und der Toten zu werden.

Heraklit

Beim Prozeß der Individuation, wie Jung es nennt, kommt der entscheidende, durch seinen archetypischen Stellenwert bedeutsame Moment der Begegnung mit dem Minotaurus des Selbst, nachdem wir so viele unserer Tage und Nächte uns darum bemüht haben, dieses vorausgeahnte Zusammentreffen zu vermeiden, als würde sein Anblick zu sofortiger völliger Auflösung und Auslöschung führen.

Doch während das Bewußtsein wächst und das Gesicht ungesehen bleibt, überkommt uns die sichere Gewißheit, daß alles davon abhängt, den Schleier des Geheimnisses zu lüften. Wir würden diese Gewißheit gerne in den vagen und unbestimmten Bereich der Vermutung, der Ahnung verbannen, wo sie leicht beiseite geschoben werden könnte, damit wir frei wären, »andere Dinge zu tun«, uns »dem Leben zu widmen«. Und an einem solchen Punkt nimmt die Ahnung andere Formen an. Vielleicht gibt es kein Leben ohne diese Begegnung, die wir vermeiden; vielleicht sind wir alle tot, bis wir das Gesicht erblicken, das allein uns erwecken kann. Das Leben scheint sich zu erweitern, und wir werden uns dessen bewußt, daß der Punkt, auf dem wir stehen, vielleicht nur ein kleiner Winkel ist, von dem aus wir furchtsam etwas in eine Zukunft projizieren, was möglicherweise nur Teile des Selbst sind – in eine Zukunft, deren starre, unbewegliche, parmenidische Begrenzungen dazu dienen zu ersticken und abzutöten. Etwas in uns möchte, daß wir uns mit dem Fluß des Lebens entfalten, Stellen einnehmen, die immer weiter entfernt sind vom ruhigen Zentrum des Strudels unseres Lebens, um zum fließenden Selbst zu werden, das frei und in Harmonie mit unseren innersten Wesen lebt.
Anaïs Nin hat über die wachsende Bewußtheit von Lillian geschrieben. Diese Frau hat als Folge ihrer Reisen in die Städte des Inneren (ein Begriff, den

Anaïs Nin zum Titel ihres »Romans ohne Ende« gewählt hat) die Heimreise angetreten. Viele Reisen, eine Reise.

Das Labyrinth des Minotaurus weckt wie alle Romane von Anaïs Nin Echos in uns; manchmal sind es die Echos altvertrauter Themen, Echos von Problemen, denen wir uns vor langer Zeit gestellt und die wir gelöst haben, manchmal Echos von noch unangekündigten Themen, deren Bedeutung uns noch nicht klar ist, oder die Echos von Themen, die wir bereits klar vor uns sehen. Sie ist dort gewesen, wo wir waren; und sie ist vor uns dort gewesen, wohin wir – wie wir vermuten – gehen müssen, wenn wir die Reise fortsetzen wollen; sie hält den goldenen Faden in der Hand und weist uns den Weg. Das heißt, der Roman kann uns etwas lehren – wie alle Romane von Anaïs Nin. Ihr Widerhall im Leben muß in Tiefen gelotet werden, die wenige Romane erreichen, das heißt, der Roman ist schwierig wie alle Romane von Anaïs Nin. Es ist ein Roman, der verlangt, daß man ihn nicht nur liest, sondern über ihn meditiert oder, um ein genaueres Wort zu gebrauchen, darüber nachdenkt.

Um einen Roman von Anaïs Nin zu lesen, muß man nachdenklich werden. Die Weiblichkeit der Autorin ist allgemein anerkannt worden. Jeder hat auf die eine oder andere Art gesagt: »Anaïs Nin ist eine Frau.« Henry Miller, William Carlos Williams, Lawrence Durrell, die *New York Times*, selbst ein

Wissenschaftler von der Stanford University. Diese »weibliche Note in der Kunst«, wie William Carlos Williams es nannte, ist nichts, was sich, wie die Wahrheit es so gerne tut, verbirgt! Was heißt das? Was ist mit den Männern, die Anaïs Nin lesen? Was müßten sie darüber erfahren, wie man sie liest, wenn man bedenkt, daß sie eine Frau ist? »Diese weibliche Note ist beunruhigend. Sie treibt einen Mann in das andere Extrem«, sagte William Carlos Williams darüber.

Es wäre schrecklich leicht – und gefährlich –, an diesem Punkt mit seinem Gedankenspiel einzusetzen. Aber was, wenn es an dieser Stelle für Gedankenspiele bereits zu spät wäre? Was dann?

Erstens, man muß vorsichtig sein: Nicht jede Frau, die schreibt, hat diese weibliche Note. Leider legen es jedoch alle Kommentare von Männern über Weiblichkeit in der Kunst geradezu darauf an, eine solche Fiktion zu propagieren. Die Tatsachen sehen anders aus: Die sogenannte weibliche Note ist etwas Seltenes und findet sich bei so wenigen Schriftstellerinnen, daß ihr Vorhandensein – wie im Fall von Anaïs Nin – bereits genügt, um sie zu den allerbesten, feinsinnigsten und feinfühligsten Erscheinungen der neueren Literatur zu zählen. Diese Eigenschaft ist eine seltene Gabe. Sollten wir uns dann nicht dafür verantwortlich fühlen, ihre Besonderheit ehrlicher zu formulieren, als es der vage Begriff »die weibliche Note« vermag?

Wäre es allein eine Frage der »weiblichen Note«, so könnten alle Schriftstellerinnen uns das vermitteln, was Anaïs vermittelt. Aber so ist es nicht. Ihre Sicht unterscheidet sich und ist in mancher Hinsicht einmalig. Ihre Metaphysik offenbart einen bestimmten Ausgangspunkt, einen Platz, von dem die Stimme dieser außergewöhnlichen Frau und Schriftstellerin in einer Weise zu uns spricht, die uns zum Nachdenken auffordert, denn dem aufmerksamen Leser fällt sofort auf: Hier ist eine Welt, in die ich mich begeben sollte, eine Welt, die reiche Einsichten, Enthüllungen verspricht, vielleicht sogar den goldenen Faden, der in die Mitte des Labyrinths führt.
Aber am Anfang steht eine Schwierigkeit. (»Sie ist beunruhigend«, sagte William Carlos Williams.) Bei der Erforschung der Welt von Anaïs Nin stellt sich sehr bald die Ahnung ein, daß es schwierig ist, diese Welt kennenzulernen. Man ahnt, den Roman *Labyrinth des Minotaurus* zu lesen, ohne in der Mitte des eigenen Labyrinths dem eigenen Schatten-Ich begegnet zu sein, heißt soviel wie: das Buch nicht gelesen zu haben. Auf dem Weg zu diesem Buch sollten gut sichtbare Warntafeln stehen: »Gefahr«, »Nicht für jedermann«, »Nur für Freunde der Selbsterkenntnis, wenn es sie gibt«, »Magisches Theater«. Denn so wie es in Hesses *Steppenwolf* ein magisches Theater mit allen Türen zum Selbst gibt – Türen, die von Archetyp zu Archetyp führen, steht man im magischen Theater der Welt von Anaïs Nins Romanen (wo die

Wirklichkeit des Alltags mit einem Glanz erfüllt und von »Patina« überzogen ist – um eines der Lieblingsworte der Autorin für symbolische Verwandlung zu gebrauchen) den mytischen Dimensionen des Alltags und des Naheliegenden gegenüber. Man muß sich nicht lange auf diese Welt einlassen, um zu spüren, daß darin nichts fehlt, nichts ausgelassen wird, daß das Thema irgendwie das Leben selbst ist und weit über jede »weibliche Note« hinausreicht. Das Leben wird mit den Augen einer Frau gesehen. Ja, das trifft es eher.

Wenn man über die Welt der Anaïs Nin nachdenkt, stellt man zunehmend fest, daß Offenheit für diese Welt die Voraussetzung ist, um sie betreten zu können. Ja, es ist die Welt der Frau – aber nicht nur das. Es ist die Welt der Weisheit der Frau. Sie, die Frau klarer Einsichten, der Hellsichtigkeit, die Künstlerin, die Zauberin der Illusionen hat sie uns geschenkt. Das zeichnet sie aus. Man kann das nicht nachdrücklich genug betonen.

Die weibliche Note, die wirklich beunruhigt, die im kreativen Sinne beunruhigt, die hin zu Offenheit, Entfaltung, Einsichten führt und zum heraklitischen Feuer von Natur und Leben, ist tatsächlich im gesamten Werk von Anaïs Nin präsent. »Sie zwingt einen Mann zum anderen Extrem«, sagte William Carlos Williams. Ja, hin zur Anima. Anaïs Nins Erfolg als Künstlerin scheint durch die Wirkung ihres Werks auf die Psyche bewiesen zu werden. Die

Literatur des Brotes: Anaïs Nins gesamtes Werk gehört in dieses Genre – bislang ist es eine noch unkatalogisierte Gruppe. In der Geschichte der Literatur war sich die Anima vielleicht noch nie so deutlich bewußt wie in den Werken von Anaïs Nin: Es ist eine Bewußtheit, die dem Vorhandensein eines Animus im Kern des Wesens widerspricht. Deshalb spürt man im Werk den zwingendsten Beweis der Realität dessen, nach dem alle, die nach etwas streben, wirklich streben: genau diese Totalität des Wesens, die am Ende des Individuationsprozesses steht, der sich darauf zubewegt wie auf ein unvermeidliches Schicksal. Der Mensch, der in die Dynamik dieses Prozesses verwickelt ist und das große Glück hat, das Tor zur Welt von Anaïs' Werk aufzustoßen, wird darin sofort ein deutlich gezeichnetes Bild dieses Prozesses erkennen, und deshalb wird ihm Anaïs Nins Werk ein guter Führer zu jenen Städten des Innern sein, die er selbst bereist haben wird. Natürlich ist das für ihn ein aufregender Moment in seinem Leben. Wenn auch ein verwirrender.
Anaïs Nins Werk hat unter den jungen Menschen in letzter Zeit eine aufgeschlossene, interessierte Leserschaft gefunden. Anaïs Nin ist praktisch zum Wegweiser der Jugend geworden, wie Cocteau in einer anderen Zeit und aus anderen Gründen der Wegweiser der Jugend war und in mancher Hinsicht de facto heute noch ist. Diese Leserschaft setzt sich aus jenen zusammen, die Hesse lesen, das I Ging befra-

gen, nach dem Sinn und der Wahrheit suchen (um diese altmodischen Worte zu gebrauchen), aus jenen, die indische Musik hören und den klanglosen Klang von OM, die Mantras intonieren, aus jenen vielen, die sich ernsthaft mit asiatischen Philosophien befassen. Das heißt, immer mehr junge Menschen wenden sich auch den Werken der wissenden Schriftsteller zu. (Weisheit – das aufmerksame und aufnahmebereite Tun, das sich dem Wesen der Dinge zuwendet – hebt sich von allem ab, sagt Heraklit.) Diese wachsende Leserschaft ist nur ein neuer Kreis, der sich zu den anderen gesellt. Aber diese neue Leserschaft ist zahlenmäßig beachtlich. Es scheint inzwischen ein intensives Bewußtsein für die herausragende Bedeutung des Bewußtseins zu geben. Und das ist Anaïs Nin vor allem anderen: bewußt. Wie jeder, der schreibt, hat Anaïs Nin zwei Arten von Lesern: Jene, die auf der Suche sind, und jene, die geübt darin sind, durch die labyrinthischen Straßen der Städte des Inneren zu reisen – Tiefseetaucher, alte Hasen. In *Der Roman der Zukunft* gesteht Anaïs Nin, daß sie einen ganzen Koffer voller Briefe von Lesern hat, die gesagt haben: »Sie schreiben mein Tagebuch.« Vermutlich sind das die Suchenden. Die alten Hasen würden wissen, daß Anaïs ihr eigenes Tagebuch schreibt, das mein Tagebuch, dein Tagebuch, sein Tagebuch, jedermanns Tagebuch ist. Ein Mensch, der die Upanischaden kennt, den Koan-Weg der Bewußtwerdung, Nietzsche und Jung, wird die Welt von Anaïs Nin ohne Zögern betreten. Er wird mit Sicherheit nach kurzer Zeit ihre Unermeßlichkeit erkennen. »Das ist keine kleine Welt«, wird er sich sagen müssen. »Man muß viel Zeit darin verbringen – ehe ihre Dimensionen sich allmählich enthüllen. Es sind riesige Dimensionen, vielleicht sind sie sogar grenzenlos.« So ein Urteil über ein Werk ist eine Auszeichnung. Es ist nicht nur eine Frage der »weiblichen Note«, eine Formulierung, die an diesem Punkt bereits mehr als lächerlich klingt.

Der goldene Faden

Manche Reisen haben ihren Ursprung im Grundriß eines Traumes, andere in dem dringenden Wunsch, ein Traumgeschehen zu widerlegen. Lillians immer wiederkehrender Traum von einem Boot, das nicht ans Wasser kommen konnte, und das sie mit großer Anstrengung schwerfällig durch die Straßen von Städten schob, bestimmte ihren Kurs in Richtung Meer, als wolle sie diesem Boot ein für allemal zu seinem richtigen Platz im Wasser verhelfen. (S. 5)

Ein großartiger Anfang! Wir sind im Herzen des Mythos. (»Gehe vom Traum nach außen«, sagte

Jung.) Es entsteht das Gefühl des Wunderbaren, das aus der Nähe zu den Elementen kommt. Etwas Bedeutendes wird geschehen. Es wird sich ein Durchbruch ereignen.

> *Sie landete in Golconda, wo die Sonne alles golden färbte – ihre Gedanken, die abgenutzten Koffer, die unscheinbaren Käfer, das Golconda des Goldenen Zeitalters, der goldenen Gans, der goldenen Hochzeit, des Goldenen Vlies' und des Goldadlers, der Goldammer, der Goldaster, des Goldfadens, des Goldfisches, des Goldhähnchens, der Goldklumpen, des Goldregens, der Goldrute und des Narrengoldes. (S. 5)*

Man lege diese Prosa auf die Zunge! Wenn Prosa je geschmeckt hat, wirklich geschmeckt, dann diese. Adler, Ammer, Aster – alles ist von Gold durchdrungen. Was kann das bedeuten? Über Symbole zu reden hat etwas Vulgäres.

Der visionäre Künstler benutzt Symbole nicht nur, er sieht sie vor sich. Das Sehen ist wesensmäßig eine symbolische Transformation, und der Künstler weiß: Das ist sein Ausgangspunkt. Er weiß: Das schenkt seinem Werk Leben. Er sieht, daß die Dinge golden sind – und das sind sie.
Lillian kommt nach Golconda, weil sie auf der Flucht ist. Sie flieht vor sich selbst und würde sich

gerne im Vergessen begraben. Doch es ist ihr Schicksal (ja: Schicksal – als würden die Dinge manchmal für uns entschieden), das goldene Leuchten von Golconda zu erleben und mit der ersten Begegnung sein menschliches Gegenstück: den klugen, visionären, aufklärenden, scharfsinnigen Dr. Hernandez. Er trägt das Zeichen des Todes, und das prägt ihn tief. Deshalb kann er an den Spielen der anderen nicht teilnehmen. Und das zwingt ihn zu Wahrheit und Anteilnahme. Er – dieser Tod (hat er diesen Tod gewählt? Hätte er ihm nicht entrinnen können?) – öffnet ihn für eine echte Begegnung. Aber wie sich für Lillian später herausstellen wird, hat er sich nicht völlig geöffnet. Er hat mit größerer Vorsicht gelebt, als man das bei einem Mann für notwendig oder angemessen gehalten hätte, der der Erkenntnis unserer Sterblichkeit so nahe ist:

> *Er hatte etwas zu sagen, was er nicht gesagt hatte. Er war gegangen und hatte seine Geheimnisse mit sich genommen.*
> *Hätte Doktor Hernandez doch dieses tiefere, gefährlichere Gespräch nicht hinausgezögert, das sich unter der Oberfläche durch die Mythen der Träume zog, das aus der Tiefe, durch die Risse in den Gebäuden aller alten Städte in uns rief und beredt durch die Augen von Statuen schrie ... hätte er doch nicht nur wie ein Taubstummer seine Not signalisiert ... wäre doch durch die Lücken der Erinnerung nicht das Bewußtsein aufgetaucht, zwischen*

den Streifen von Licht und Schatten ... würden Menschen doch nicht die Jalousien herunterlassen, sich Verkleidungen zulegen und in Einzelzellen leben, über denen geschrieben steht: Die Zeit für Enthüllungen ist noch nicht gekommen ... (S. 147f.)

Und doch leitet diese eindringliche Passage des Bedauerns über das Ungesagte geradewegs über zum großartigen Moment *der* Entdeckung: »Lillian reiste nach Hause.« Der Raum besitzt hier einen ästhetischen Rhythmus, der sich unmöglich vermitteln läßt: Die Poesie der Enthüllung und die Musik der Prosa fließen in einem rhythmischen Pulsieren zusammen, das der dramatischen und psychologischen Wirkung voll und ganz angemessen ist; Lillian wird auf einer Woge der Zukunft entgegengetragen, deren Gewalt die Chemie der Kunst brillant verdeutlicht. Wir erleben ihre Entwicklung, und da die Kunst fein gesponnen ist, wird diese Erfahrung erregend. Anaïs Nin, ihrer Romanfigur Dr. Hernandez nicht unähnlich, fordert in ihrem Werk dazu auf, anders zu leben, voller zu leben, mehr im Fluß zu leben. Das heißt nicht, daß sie eine Moralistin ist; das heißt, daß sie eine Künstlerin ist; sie zählt zu den ganz wenigen Künstlern, deren Werk es ist, eine Literatur des Brotes geschaffen zu haben, ein Werk, das die Seele nährt (gestatten wir uns dieses altmodische Wort, denn das Wort Psyche scheint sich dem Fluß zu widersetzen).

Unsere Kritik kennt keine solche Rubrik wie eine »Literatur des Brotes«, in die man Werke einordnen könnte. Das ist bedauerlich, denn wenn es möglich wäre, ein Werk so einzuordnen, wären wir auf dem richtigen Weg, die entscheidende Bedeutung Anaïs Nins zu umreißen, indem wir ihr Werk einfach dort ansiedeln würden. Viele Entsprechungen wären dann sofort sichtbar, die sonst – wie es tatsächlich auch der Fall ist – unsichtbar bleiben, und deshalb erklärt werden müssen. Wir brauchen eine Art erklärendes Prinzip, etwas wie das Glasperlenspiel in Hesses Roman. Es würde Anaïs Nin dort einordnen, wo sie tatsächlich steht, und uns zeigen, wer ihre Gefährten in der Kunst und im Leben sind. Hesse tat das für sich selbst und wählte jene Gefährten, die uns in *Magister Ludi*, *Morgenlandfahrt* und *Steppenwolf* begegnen: Goethe, Albertus Magnus, Paul Klee, Mozart, Schubert, das I Ging, Pablo, der Drogen nimmt, Thomas von Aquin. In diesen magischen Kreis tritt Anaïs Nin. Hier ist weit mehr am Werk als eine »weibliche Note in der Kunst«. Ihre Leser haben sie in einen ganz besonderen Kreis gestellt: in den Kreis der Magier.

Henry ist in den Bann eines bemerkenswerten alten Mannes geraten, eines medial veranlagten Phantasten, eines Malers, der in Zürich wahnsinnig geworden ist und nur in Symbolen spricht. Dieser alte Mann, Crowley, weigerte sich, mich anzusehen. Er sagte, ich sei eine Mystikerin, reines Licht und Tausende von Jahren alt. Ich verhexe die Seelen der Männer, und er wage nicht, mir in die Augen zu sehen.[1]

Vielleicht hatte der alte Mann recht. Auf jeden Fall sah er das Licht und die Weisheit (»Tausende von Jahren alt«), ohne die Bücher zu lesen (damals waren sie natürlich zum größten Teil noch ungeschrieben). Und das ist mehr, als man über die kurzsichtigeren Literaturkritiker sagen kann, die nicht erkennen, daß sich im Künstler auch Geist inkarniert. Unsere Zeit hat das vergessen; sie hat die alte und wahrlich geheiligte Rolle des Künstlers vergessen, der uns das Brot schenkt, das nährt und erhält, das Brot, das die Hostie ist, das Symbol, die Chiffre; das, was wir benötigen, wenn wir uns nicht in den sich immer erweiternden Regionen des Raums verirren sollen, die das Leben uns auf dem Weg zur endgültigen Auflösung enthüllt; das, was vielleicht stockend zu uns gesprochen hat, durch natürliche Erscheinungen, als Wind über dem Wasser; das, was in dem Werk von Anaïs Nin sehr deutlich zu uns spricht.

Im Künstler inkarniert sich auch Geist. Diesen Gedanken sollte man sich ruhig wiederholen. Unsere Zeit hat das vergessen. Sie hat sich dafür entschieden, es zu vergessen, ist man beinahe versucht zu sagen,

---

[1] Februar 1934, *Unveröffentlichte Auswahl aus Dem Tagebuch,* The Duane Schneider Press, Athens, Ohio, 1968.

und daher rührt der Mangel an Kraft, das Fehlen einer wahren Aristokratie der Kunst, das Fehlen einer metaphysischen und psychologischen Literatur, die ich die Literatur des Brotes nenne. Aber Anais Nin ist der Wegweiser der jungen Menschen, und zu den Wundern gehört, daß sie unserer Zeit angehört, unserer erschöpften Zeit, die mehr Schund hervorgebracht und ihn ernster genommen hat als jede andere Zeit in der Geschichte der Menschheit.

Die Begegnung

In Lillians Augen standen Tränen, nicht, weil sie sich sofort mit einem neuen, schönen, betäubenden Ort angefreundet hatte, sondern mit einem Mann, der entschlossen war, zu den Geheimnissen des menschlichen Labyrinths vorzudringen, vor dem sie gerade floh. (S. 27)

Dr. Hernandez ist für die tiefe Begegnung bestimmt, und er untersucht in seinem Laboratorium die alten indianischen Drogen der Erinnerung (Pablo aus Hesses *Steppenwolf*), er kontrolliert den Handel mit den Drogen des Vergessens (er hat Feinde, Todfeinde), er heißt in *Ein Spion im Haus der Liebe* der »Lügendetektor« und ist vielleicht der moderne Christus in *Haus des Inzests.* »Er litt, und das machte ihm die Schwierigkeiten anderer so deutlich bewußt.« (S. 30) Lillian ist nach Golconda gekommen, um zu vergessen, doch sie begegnet Dr. Hernandez und erkennt, daß das Licht zu stark ist, um vergessen zu können. Sie ist an ihrem Ziel angekommen, aber nur, um zu erkennen, daß die Reise gerade erst begonnen hat. Aber bis zum Tod von Dr. Hernandez beginnt die Reise, der Weg nach Hause, der Gang ins heraklitische Feuer nicht wirklich. »Lillian konnte an den Tod des Arztes nicht glauben.« (S. 145) An diesen Tod konnte sie nicht glauben. Der moderne Christus. Erst durch die Weigerung, den Tod selbst angesichts der brutalen, klaren Tatsachen zu akzeptieren, beginnt Lillian, sich dem Minotaurus zu nähern. Die Stelle im Roman, in der dieser Aufbruch nachgezeichnet wird, ist von solcher Schönheit und Kraft, daß sie hier ganz zitiert werden muß:

Lillian glaubte nicht an den Tod von Doktor Hernandez, und doch hörte sie den Schuß, spürte in ihrem Körper das Geräusch des Wagens, der gegen den Mast prallte; sie kannte den Augenblick seines Todes, als sei das alles ihr widerfahren.

Er hatte etwas zu sagen, was er nicht gesagt hatte. Er war gegangen und hatte seine Geheimnisse mit sich genommen.

Hätte Doktor Hernandez doch dieses tiefere, gefährlichere Gespräch nicht hinausgezögert, das sich unter der Oberfläche durch die Mythen der Träume zog, das aus der Tiefe, durch die Risse in den Gebäuden aller alten Städte in uns rief, und laut durch die Augen von Statuen

schrie ... hätte er doch nicht nur wie ein Taubstummer seine Not signalisiert ... wäre doch durch die Lücken der Erinnerung nicht das Bewußtsein aufgetaucht, zwischen den Streifen von Licht und Schatten ... würden Menschen doch nicht die Jalousien herunterlassen, sich Verkleidungen zulegen und in Einzelzellen leben, über denen geschrieben steht: Die Zeit für Enthüllungen ist noch nicht gekommen ... wären sie nur zusammen hinuntergestiegen, wären sie doch mit Pickeln, Laternen, Seilen, Sauerstoff, Röntgenstrahlen, Verpflegung in die Höhlen der Seele hinabgestiegen, wären sie doch den Hinweisen all der Botschaften aus den geologischen Tiefen gefolgt, wo das gefangene Selbst verborgen lag ...
Laut Definition bedeutet trope *Wendung und Änderung, und Lillian wendete und veränderte sich mit den Tropen, sie pendelte zwischen der Droge des Vergessens und der Droge des Bewußtseins hin und her wie die Einheimischen in ihren Hängematten, wie die Jazzspieler in ihren Rhythmen, wie das Meer in seinem Bett sich wendete, sich änderte.*
Lillian reiste nach Hause. (S. 147f.)

Nach dieser Passage verläßt Lillian die Gegenwart Golcondas und geht zurück in den tiefen Abgrund ihrer Vergangenheit auf eine Zukunft zu, in der sie in der Lage sein wird, die Dinge zum ersten Mal mit ihren eigenen Augen zu sehen. Sie ist die Feuerleiter hinaufgestiegen, hat die feurige Mitte berührt, ist in das Labyrinth hinabgestiegen sogar mit dem goldenen Faden der Unfähigkeit, an den Tod von Doktor Hernandez zu glauben. Sie ist dem Minotaurus begegnet und besteht die Prüfung:

Lillian reiste nach Hause. Die Irrwege des Labyrinths führten nicht zur Desillusion, sondern zu unerforschten Dimensionen. Archäologen der Seele kehren nie mit leeren Händen zurück. Lillian hatte das Labyrinth unter ihren Füßen gespürt wie die ausgegrabenen Gänge unter Mexico City. Aber sie hatte sich gefürchtet, das Labyrinth zu betreten und dem Minotaurus zu begegnen, der sie verschlingen würde.
Doch jetzt stand sie ihm gegenüber, und der Minotaurus ähnelte jemandem, den sie kannte. Er war kein Ungeheuer. Er war ein Bild in einem Spiegel, eine maskierte Frau, Lillian, der verborgene, maskierte Teil ihres Wesens, der ihr selbst unbekannt war, der ihr Handeln beherrscht hatte. Sie streckte die Hand nach diesem Tyrannen aus, der ihr nun nichts mehr anhaben konnte. Er war im Spiegel des runden Flugzeugfensters und flog durch die Wolken – ein dahinjagendes Gesicht – ihr eigenes Gesicht, und es wurde erst klar und erkennbar, als die Dunkelheit einsetzte. (S. 174)

Heraklit, der Meister der klaren Unklarheiten formulierte zum ersten Mal die Prämisse, daß die Dinge in der Verwandlung zur Ruhe kommen. In der Musik hören wir das unzweideutig, wo das Ewige und das Vergängliche eins werden in der unlogischsten, unwahrscheinlichsten und doch völlig zwingenden Vereinigung der Gegensätze. *Labyrinth des Minotaurus* sollte zumindest auf einer seiner vielen Ebenen als Musik gelesen werden. Dann versteht man sehr schnell den dynamischen Frieden, der das großartige Ende des Buchs beherrscht. Es ist kein Frieden ohne Kampf (der Kampf ist der normale Zustand, sagte Heraklit, ohne ihn würde nichts sein), aber mit einer leidenschaftlichen heiteren Gelassenheit, einem Glauben an den Reichtum des Lebens, mit einer Ganzheit, einem Leuchten, einem Feuer, Gold.

Der Tod von Doktor Hernandez war ein lebensspendender Tod, und Lillian ist Lazarus; sie kehrt mit einem neuen und geschärften Bewußtsein unserer Sterblichkeit und damit unserer Lebendigkeit von den Toten zurück. Diese Rückkehr umgibt große Traurigkeit (»Jesus weinte.«), jedoch keine Todessehnsucht. Lillian lebt, als sie Golconda verläßt, und wir, die wir sie auf ihrer Reise in die Städte des Inneren begleitet haben, vertrauen ihrer Fähigkeit, lebendig zu bleiben, ja sogar durch Bewußtheit anderen Leben zu bringen.

Wie um ein Gegengewicht zu dem Licht zu schaffen, das dieses Buch durchdringt, hat die Autorin genau in der Mitte den Schatten des Todes über dieses Gebäude ihres Romans geworfen. Es ist kein Tod, an den man unmöglich glauben kann, sondern ein Tod von lebendiger, greifbarer, schwarzer, schweigender, bedrohlicher, steriler Präsenz.

Bei einer Party auf der Yacht eines mexikanischen Generals, im Feuerwerk der Illusionen, von dessen Kometenschweifen Lichtschauer auf das Wasser fallen, trifft Lillian einen jungen Mann, Michael Lomax, und gesteht ihm: »Hin und wieder, auf einer Party, mitten im Leben, habe ich das Gefühl, daß ich abgeglitten bin.« (S. 91) Und er antwortet: »Dieses Gefühl habe ich immer, nicht nur hin und wieder.« (S. 91) Er lädt Lillian in sein Haus in einer alten Stadt ein, und sie fährt mit ihm durch die Nacht, durch das Tal der Todesschatten in die alte Stadt, ins Herz der Dunkelheit, zum Tod. Sie findet Ruinen, Stille, schweigende Straßen, Geier, aber keine Singvögel und keinen Wind. Selbst das Feuerwerk hat hier eine Aura der Verzweiflung. Die Kinder stellen sich unter den goldenen Regen, wie um das flüchtige Versprechen des Lebens zu erhaschen, das die sprühende Intensität zu bieten scheint – aber vergeblich. Hier ist Michael der König aller Toten, doch er hat keine Untertanen, denn die Toten existieren nicht. Ja, die Toten existieren nicht. Alle, die sich nicht bewegen, existieren nicht. Dies ist nicht der Tod des Doktor Hernandez, der das Rad des Dharma in Bewegung setzte. Vielleicht gibt es im Fall von Doktor Hernandez keinen Tod. Man sollte hier über die Bedeutung nachdenken, die auf den letzten Seiten von Tolstois *Der Tod des Iwan Iljitsch* klar erkennbar wird. Das soll nicht heißen, daß Doktor Hernandez Iwan Iljitsch wäre, nein, nichts dergleichen. Damit soll vielmehr angedeutet werden, was die Genese im *Labyrinth des Minotaurus* ist. Warum sollten wir es nicht deutlich aussprechen? Anaïs Nin als Bodhisattva! Vielleicht ist das aber doch ein bißchen vereinfacht.

Denn wenn wir hinter das Buch sehen, den Blick auf die Künstlerin richten – diese Künstlerin, die eine gewisse »weibliche Note« besitzt, um diesen Ausdruck noch einmal zu gebrauchen, ist nicht unbedingt die Frau, die deutlich sieht, was Menschen unbedingt brauchen – vielleicht mehr als alles andere brauchen: Die Transfiguration der Dinge, Transformation, Transzendenz, die Künstlerin, die transpiriert (welch wundervolles Wort!), um die Wahrheit zu übermitteln, wenn auch nicht die Fakten, Tod und Transfiguration. Und so zeigt uns Anaïs Nin die zwei Gesichter des Todes.

Michael ist ein Narr: der Narr der Zeit, und seine Homosexualität ist nur eine Ausdrucksform seiner grundsätzlicheren Flucht vor der Wahrheit seiner Wiedergeburt als Wesen. Zu Lillian hat er gesagt: »Da ich dich nicht hier halten kann, wünsche ich mir nur, daß du in der nächsten Inkarnation als Junge geboren wirst, denn dann werde ich dich lieben.« (S. 104) Er ist unfähig, in den wahren Bahnen seiner augenblicklichen Inkarnation zu leben; deshalb lebt er in den Traumbahnen einer Welt ohne Frauen. Könnte Michael Lomax durch Bewußtheit gerettet werden? Die Antwort darauf wäre ein anderer

Roman und notwendigerweise eine Verführung des Minotaurus. Aber in diesem Roman hat Lillian ebensowenig wie in diesem Leben keine andere Wahl als ihn mit seinem Traum, der sein Tod ist, in der Hölle zu lassen. Er hat das Geschenk des Daseins zurückgewiesen. Während er anwesend ist, ist er abwesend, so wie in seiner Stadt, der Stadt der Toten, die Kirchenglocken läuten, ohne daß ein Gottesdienst stattfindet:

> *Die Kirchenglocken läuteten unermüdlich, obwohl kein Gottesdienst stattfand; sie schienen Tag und Nacht die Einwohner zu rufen, die vor Jahren beim Ausbruch des Vulkans unter der Lava begraben worden waren. (S. 93)*

Hat je ein Philosoph das Wirkliche als das definiert, was wahrhaft in der Lage ist, Liebe zu empfangen? Der Heilige Johannes vom Kreuz hat gesagt: »So du keine Liebe findest, schenke Liebe, dann wirst du sie finden.« Doch alles scheint von der Fähigkeit abzuhängen, sie zu empfangen – oder nicht? Das Tal mancher Träume ist für Liebe nicht empfänglich.
Michael träumt von dem, was sich nicht verwirklichen läßt. Es ist der Traum vom Tod. Lillian sagt: »Aber nicht zu fühlen ... nicht zu lieben ... das ist wie bei lebendigem Leibe tot sein, Michael.« (S. 103)
Genau: Anaïs Nin zeigt uns die zwei Gesichter des Todes. In der Mitte des Buches, an der Stelle, auf den der Todesschatten fällt, erinnert sie uns daran, daß

die Lichter des Karnevals, die die vielen Landschaften des Buches erleuchten, vergänglich, flüchtig, unbeständig, daß sie Feuer sind. Das Mitgefühl der Autorin erreicht Michael, wie es alle ihre Gestalten erreicht und erhellt – als bedeute es, eine Gestalt voll Mitgefühl zu schaffen, wenn man genau weiß, wo eine Gestalt zu finden ist –, aber ihr Blick ist zu klar, und sie sieht zu viel, um sich erlauben zu können, etwas anderes als die Wahrheit zu sagen. Wenn die Wahrheit verheerend ist, ist sie verheerend. Mitgefühl hat nichts damit zu tun. Im Sichtkreis dieses Buches ist Michael verloren. Aber Anaïs Nins Welt ist in ihrer tiefsten Bedeutung eine Welt, die Hoffnung nährt. Es gibt keine Endgültigkeit, kein System, keinen Richter, nichts Absolutes. Es gibt den Fluß, das Fließen und stets die Möglichkeit einer Begegnung. Eine Begegnung wie die von Lillian und Doktor Hernandez. Michael Lomax kann in einem anderen Kontext vielleicht als Lazarus aus dem Todesschlaf erweckt werden – erweckt und aus der Abwesenheit in die Epiphanie des Daseins gezogen werden, die schmucklos und unwiderruflich real ist.

Wind über dem Wasser: Ein Bild der Auflösung

In der alten Stadt des Inneren, in der Michael Lomax mit seinem Traum von einer unmöglichen, unwirklichen Welt weilt, gibt es keinen Wind. Es gibt keinen Wind, der bewegt, der belebt und der Leben schenkt, das nur im Akt ständiger Auflösung existiert. Michael sucht die Ewigkeit, eine erstarrte Welt, aus der das listige Werk des Leibes verbannt worden ist – eine Welt, in der Eva erstarrt im Schnee steht. Eva ist niemals erstarrt. Nietzsche wußte das sehr gut, denn er fragte: »Was, wenn die Wahrheit eine Frau wäre, was dann? Was dann?« In einem Wort: Heraklit. Der Fluß, das strömende Wasser, das Feuer ist. Wasser in der Vereinigung mit dem Wind – Auflösung, das Leben an sich, Fluß, Änderung, Möglichkeit, Epiphanie, Fließen. Eine Welt, in der Feuer und Wasser sich nicht bekämpfen.[2)]

Die Verbindung der Gegensätze. Der magische Kreis von Yin und Yang. Liebe und Brot.

Aber da ist Wasser, so wie das Buch mit einem Drang zum Wasser begann. Springbrunnen plätschern auf den Terassen dieser alten Stadt, doch sie scheinen mit der steinernen Statue in *Don Giovanni* verwandt zu sein, deren Stimme wie ein Echo aus dem hohlen Raum der Schatten dringt, und deren Worte der Tod sind.

Durch einen dieser schnellen Übergänge, in denen Anaïs Nin eine Meisterin ist, bringt sie uns aus dem Tal der Schatten heraus und führt uns in das blendende Licht von Lillians neuem Leben; sie führt uns

[2)] In der Sprache der Krähenindianer von Montana gibt es nur ein Wort für Feuer und Wasser. Die Bedeutung muß dem jeweiligen Kontext entnommen werden.

zu dem Punkt, von dem aus es ihr möglich ist, zurück in den Abgrund der Zeit zu blicken, den wir die Vergangenheit nennen, wo sie die entschwindenden Entfernungen sieht, die stummen Rufe bedauerter Handlungen, die toten Lieben, die Dinge, an die sie sich zwar mit größter Sorgfalt erinnert, die jedoch völlig in der Vergessenheit versunken sind. An diesem Punkt erkennt Lillian, daß die Zeit sich nicht in zwei Richtungen entfernt, sondern nur in einer: in Richtung Vergangenheit. Deshalb liegt vor ihr etwas, was die Menschen gezwungenermaßen die ewige Wiederkehr nennen. Alles kehrt zurück. Doktor Hernandez sagte zu Lillian:

> *Eines Tages öffnen wir die Augen und sind wieder im selben Muster gefangen und wiederholen die gleiche Geschichte. Wie könnte es anders sein? Den Entwurf liefern wir. Er liegt in uns. (S. 27)*

Und in diesem Moment gab er ihr den Schlüssel zu dem Labyrinth. Das Gesicht des Minotaurus war ihr eigenes Gesicht. Es verbarg sich in den Schatten dessen, was die Vedantisten so zutreffend *Avidya*, Unbewußtheit, nennen. Doktor Hernandez war wach, und er war klug. An *seinen* Tod konnte Lillian nicht glauben.

»Lillian reiste nach Hause.« (S. 148) Sie hatte begonnen, das Geschenk des Daseins zu akzeptieren, die Unermeßlichkeit der *Persona*, die heraldischen Dimensionen der Dinge, Ereignisse und Beziehungen. Das Leben verläßt den Bilderrahmen, es hört auf, eindimensional zu sein, es beginnt einen dort zu erstaunen, wo man nie erwartet hat zu staunen – selbst in der bescheidenen Wirklichkeit des Alltags:

Es schien, als habe sie begonnen, den wahren Doktor Hernandez zu sehen, den einsamen, Frau und Kindern durch ihre Eifersucht und ihren Haß auf Golconda entfremdeten Mann, der nur in das leidvolle, tragische Leben einer Vergnügungsstadt verwickelt war. Dadurch konnte Lillian auch zum ersten Mal hinter dem eindimensionalen Profil ihres Ehemannes einen Mann sehen, der das Haus verließ, um zur Arbeit zu gehen; einen Vater, der sich über seine Kinder beugte – eine vielschichtige, neue Persönlichkeit. (S. 153)

Lillian beginnt nicht nur, die Unermeßlichkeit von Larrys Gesicht zu sehen, sondern sieht sein Gesicht in anderen Gesichtern; sie erkennt, daß sie, indem sie einen fremden Gefangenen befreite, in Wirklichkeit einen Gefangenen befreite, der ihr Ehemann war; sie erkennt, daß wir alle Gefangene sind, deren Freiheit, wenn es dazu käme, uns immer aufs neue erstaunen, immer aufs neue nähren, immer aufs neue zu Entwicklung und schöpferischem Tun führen würde. Ja, Lillian ist auf dem Weg nach Hause:

Der plötzliche Tod hatte die Kostbarkeit menschlicher Liebe und menschlichen Lebens offenbart. All die Nega-

tionen, jedes Zurückziehen, die Gleichgültigkeiten erschienen ihr als Vorboten des absoluten Todes und waren zu verurteilen. (S. 161)

Camus hat gesagt, wir müssen uns Sisyphus glücklich vorstellen. Lillian kehrt nach Hause zurück, vielleicht, um ihren Kindern beizubringen, die Krümel vom Tisch zu wischen, vielleicht, um sich an einen schwarzen Hund zu erinnern, der ein Stück frisch gebackenes Brot gefressen hatte, und um dessen Schnauze die Krümel wie Sterne hingen. Auf der Rückreise erinnert Lillian sich. Wir könnten sagen, das Sich-Erinnern gehört zum Prozeß der Individuation. Wir könnten aber auch einfach sagen, es gehört zur Poesie des Lebens mit offenen Augen. Vergiß nicht, dich zu erinnern! Hier sind wir wieder, wo wir immer waren. Wir sind in den Städten des Inneren, wo die Archetypen – die verborgenen Gesichter – weilen, die Verhängnisse, die wir scheinbar immer aufs neue wiederholen müssen. Mit welch wissender Liebe bittet Prospero seine Tochter Miranda, sich zu erinnern, sich zu erinnern. Vergeßlichkeit ist gleichbedeutend mit Leid, mit Verdammung endloser Wiederholung; Wachheit bedeutet Wirklichkeit, sogar Moksha: die Befreiung.
In seiner Form ist *Labyrinth des Minotaurus* eine vollkommene Sonate in drei Sätzen: Allegro vivace; Largo, con molto affeto; Rondo Allegro. Den Largosatz bildet der dunkle, düstere Abschnitt über Michael

Lomax. Alles andere ist das Rondo, das Runde, das immer Wiederkehrende, der Grundton, in dem man der Freude entgegengeht – und wir dürfen uns Sisyphus glücklich vorstellen. »Trenne Tiefe niemals von Form«, sagte ein Freund einmal zu mir. »Wiederhole das, ohne das Wort *Tiefe* und ohne das Wort *Form* zu gebrauchen«, erwiderte ich darauf, und er antwortete: »Kunst im Dienst der Befreiung«. Wie wundervoll direkt, dachte ich.

Wayne McEvilly

Dieses Nachwort erschien ursprünglich als Beitrag in *New Mexico Quaterly*, Winter-Frühjahr 1969.